최소 성취수준 보장 지도를 위한 네 교사의 편지

배철민 지음

최소 성취수준 보장 지도를 위한 네 교사의 편지

발 행 | 2022년 12월 6일
저 자 | 배철민
펴낸이 | 한건희
펴낸곳 | 주식회사 부크크
출판사등록 | 2014.07.15.(제2014-16호)
주 소 | 서울특별시 금천구 가산디지털1로 119 SK트윈타워 A동 305호
전 화 | 1670-8316
이메일 | info@bookk.co.kr

ISBN | 979-11-372-0000-0

최소 성취수준 보장 지도를 위한 네 교사의 편지

배철민 지음

CONTENTS

최소 성취수준 보장 지도에 관한 절대 답안이 있으면 고민하지 않고 무작정 따라하기만 하면 되니까 얼마나 좋을까. 엄청나게 나름 고민하고 나서 결정하고 시행했는데, 그 방법이 잘못된 것처럼 보인다면 열정을 잃고 진이 빠질 것이다. 최소 성취수준 보장 지도 방법에 관해 결정을 할 때 마다 이럴까 저럴까 새롭게 숙고하는 것은 정말 힘든 일일 것이다. 도식적이고 틀에 박힌 공식적인 절차와 지도 방법에 관한 가이드라인이 있다면 좋겠다. 하지만 절대적인 교수법이 없듯이, 유일하게 옳고 효율적이라고 할 수 있는 최소 성취수준 보장 지도 방법은 없을 듯 하다. 어쩌면 지금 이 글을 쓰는 이유가 최대한 그러한 답 근처라도 갈 수 있지 않을까 하는 기대 때문인지도 모른다. 올바른 방법에 관해 늘 의심하며 고민하며 살 수밖에 없는 것이 교육자의 숙명이겠지만, 고교학점제를 대비하여 최소 성취수준 보장 지도 절차와 방법에 관한 고민들이 누적 된다면, 안개 속에서 어슴푸레 겨우 형체만 보였던 것이 점차 안개가 걷히면서 고민의 실체가 형체를 갖추면서 해답이 어느 정도는 견고하게 드러나지 않을까 소망하며 최소 성취수준 보장 지도에 관한 연구를 시작하고자 한다. 이 책을 쓰면서 나의 무지가 드러나겠지만, 기꺼이 용기를 가지고 도전하고자 한다.

- 철성고등학교 영어 전학공 '함빛 영어' 대표 교사 배철민 -

- 첫 번째 편지 -

최소 성취 수준 보장 지도는 도대체 무엇이고,
어떻게 시작해야 하는가?

배철민 선생님께

배 선생님! 그 얘기 들으셨나요?

내년(2023년)부터 국어, 영어, 수학 과목에서는 최소 성취 수준 보장 지도를 해야 한다고 합니다. '최소 성취수준 보장 지도'라는 용어는 처음 들어보는데, 무엇인지 설명 부탁드립니다. 내년부터 1학년은 이수해야 할 학점이 192학점이라고 하는데, '단위'와 '학점'의 의미 차이는 무엇인가요? 궁금한게 많지만, 일단 최소 성취수준 보장 지도의 개념부터 잡으면 좋겠어요. 우리 같이 공부해 봅시다.

- from 박종욱 -

① 최소 성취수준 보장 지도의 개념
② 단위와 학점의 차이점

- 첫 번째 답장 -

최소 성취 수준 보장 지도의 정의와
'단위와 학점'의 차이점

박종욱 선생님께

박 선생님~ 유비무환(有備無患)이니, 우리 영어과가 선도적으로 공부해서 최소 성취수준 보장 지도가 잘 될 수 있도록 같이 공부해 보아요!

우선, 정확히 짚고 넘어가야 할 부분이 내년(2023년) 1학년을 대상으로 국어, 영어, 수학 과목을 대상으로 최소 성취수준 보장 지도를 실시는 하지만, 미이수제를 적용하지는 않기 때문에 엄밀히 말해서 제대로 된 최소 성취수준 보장 지도가 이루어지기가 어려울 것 같습니다. 원래 최소 성취수준에 미달하게 되면, I(incomplete) 성취도가 부여가 되어야 하는데, 이는 2025년에 전 과목 미이수제가 도입이 되기 때문에, 내년부터 시행되는 최소 성취수준 보장 지도는 강제 장치가 없어서, 학생 입장에서는 동기가 부족하고, 따라서 워밍업 차원에서 실시되는 최소 성취수준 보장 지도라고 생각하면 될 것 같습니다.

하지만 미이수제라는 깅제 장치가 없다고 하더라도, 학생은 스스로 자신이 선택한 과목을 충실히 이수하겠다는 책임감을 가져야 합니다. 최소 성취수준 보장 지도가 교사가 수업 시간에 최소한의 성취 수준을 보장할 수 있도록 학점 미이수가 예상되는 학생들을 예방 차원에서 책임김을 기지고 잘 지도해라는 의미도 되지만, 사실 고교학점제에서 스스로 선택한 과목을 충실히 이수해야 한다는 학생의 책임감을 강조하는 의미이기도 합니다.

보장(guarantee)이라는 말을 교사가 보장해야 한다는 의미로 받아들이면 교사 입장에서는 최소 성취수준 보장 지도는 엄청나게 부담스럽습니다. 아무리 말을 물가로 끌고 가더라도, 말이 물을 마시지 않으면 어쩔 수 없기 때문에, 우리는 교육 활동을 하는 것이지 결과에 대해 보장(保障)까지는 할 수 없는 것입니다. 정부가 내놓는 정책이나 제도의 타이틀이나 캐치프레이즈가 으레 대중들에게 강한 임팩트를 주기 위해 다소 강한 어휘를 선택하는 것이지, 문자 그대로 '보장해라! 그렇지 않으면 책임져라!'는 의미로 받아들일 필요는 없다고 생각합니다.

학생이 선택한 교과목을 충실하게 이수하겠다는 학생의 책무성(accountability)이 우선 강조되어야 합니다. 지금까지는 수업 시간에 전혀 집중하지 않고 눈만 뜨고 있어도, 학교라는 공간에서 일정한 시간만 보내면 졸업이 가능했습니다. 즉, 초·중등 교육법 시행령에 따라 출석일수만 충족하면 진급과 졸업이 가능하였지만, 고교 학점제에서는 최소 성취수준을 달성하지 못하면 미이수 처리되어 학점을 취득하지 못하여 졸업을 못 할 수도 있게 되었습니다. 학생은 책임감을 가지고 수업에 임하고, 교사는 학생이 최소한의 성취 수준을 달성할 수 있도록 책임 지도를 하여야 합니다

.

- from 배철민 -

- 두 번째 편지 -

최소한의 성취 수준을 달성했다는 것을
판단할 수 있는 기준은 어떻게 설정하는가?

배철민 선생님께

배쌤~ 편지 잘 받았어요.

배쌤 첫 번째 편지 내용을 간략히 정리하면

1) 2023년과 2024년에는 최소 성취수준 보장지도에 미이수제가 적용되지는 않아 수업시간 학생들의 참여를 적극적으로 유도할 수 있는 교수 방법에 대한 고민이 필요하다.

2) 책임 지도의 의미가 교사에만 국한되는 것이 아니라, 학생의 책무성이 강조되어야 한다는 의미로 이해되는 것이 바람직하다.

3) 단위와 학점의 차이는 출석일수만 채우면 졸업할 수 있는 제도가 단위제이고, 최소한의 성취도 이상을 달성해야만 졸업이 가능한 것이 학점제이다.

4) 보장 지도라는 말의 늬앙스는 부담스럽기 때문에 책임 지도로 이해하는 것이 낫다.

최소 성취수준 보장지도라는 것을 제도적으로 시행하기 전까지는, 부끄럽지만 하위권 학생들은 잘 신경을 쓰지 않았습니다. 어쩔 수 없다고 생각했고, 중·상위권 학생들의 영어 실력 향상에 많이 치중했었던 것이 사실입니다. 그런데 최소 성취수준 보장지도라는 제도의 취지와 개념이 머릿속에 들어오고 난 이후에 하위권 학생들이 다시 보이기 시작했습니다. 교사로서 하위권 학생들을 어쩔 수 없다는 변명으로 무책임하게 방치했다는 자책감이 들었습니다. 이제라도 다양한 수준의 학생들의 니즈를 충족시킬 수 있는 교수법에 대해 더 연구해 보아야 겠다는 생각이 들었습니다.

배쌤! 그런데 이수와 미이수를 결정짓는 기준은 무엇인지 궁금하군요. 학점을 취득되기 위한 과목 이수 기준이 구체적으로 알고 싶습니다. 배쌤의 열정에 저도 전염된 것 같아 기분이 좋습니다. 배쌤과 편지를 주고 받는 것이 즐겁습니다.

- from 박종욱 -

- 두 번째 답장 -

정확한 과목 이수 기준이 무엇인가?

박종욱 선생님께

　박쌤~ 박쌤이 최소 성취수준 보장 지도 개념을 접하고 난 이후에 다양한 수준의 학생들을 지도할 수 있는 여러가지 교수법 개발과 연구에 관심을 보이게 됐다니 벌써부터 최소 성취수준 보장 지도의 긍정적 효과가 발생한 것 같아 신기하군요. 추후에 함께 최소 성취 수준 보장 지도 수업 모형을 연구 및 개발해 봅시다.

　고교학점제의 과목 이수 기준은 두 가지입니다. 과목 출석률과 학업성취율입니다. 과목 출석률은 수업 횟수의 3분의 2 이상 출석입니다. 기존에는 출석일수가 기준이었기에, 6교시까지 병원에 갔다가 7교시에 잠깐 학교에 와서 수업을 들어도 출석을 한 것으로 인정되기 때문에, 순수하게 졸업만이 목적인 학생은 진료 확인서만 첨부하면 병지각으로 처리되어 졸업이 가능했습니다. 이런 악용 사례가 실제로 우리 학교에도 있었습니다. 그런데 고교 학점제에서는 실제로 수업에 출석한 횟수가 전체 67%를 넘어야 합니다. 그런데 여기서도 정확한 기준 설정이 필요합니다. 50분 수업 중에 45분이 지나서 수업에 들어왔다면 이것은 수업에 출석했다고 인정할 것인가라는 문제가 있습니다. 수업 출석을 인정하는 구체적 기준 설정이 필요합니다.

또한 학업성취율은 40% 이상이어야 합니다. 그런데 과연 학업성취율 40%라는 것이 정확하게 무엇일까요? 도대체 40%라는 것이 어느 정도의 수준을 뜻하는 것일까요?

선생님도 잘 아시다시피, 현재 고등학교에서는 성적표와 학교생활기록부에 성취도와 석차등급을 함께 기재됩니다. 성취도는 절대평가 형식(준거지향평가 Criterion-Referenced Evaluation)이고, 석차등급은 상대평가(규준지향평가 Norm-Referenced Evaluation)입니다. 그런데 성취도를 기재하는 방법은 '고정 분할 점수 방식'과 '단위 학교 분할 점수 방식'이 있습니다. 고정 분할 점수 방식은 90% 이상은 성취도 A, 80% 이상 90% 미만은 성취도 B, 70% 이상 80% 미만은 성취도 C, 60% 이상 70% 미만은 성취도 D, 60% 미만은 최하위 성취도 E를 부여합니다. 그리고 음악, 미술, 체육 교과는 80점 이상이 A, 60점 이상 80점 미만 B, 60점 미만 C를 부여하는 3단계 성취도로 표기하고 있습니다.

그런데 학생들이 어려워하는 과목이나 평균 점수가 낮은 과목에 고정 분할 점수를 이용하면 성취도 D와 E의 비율이 너무 높게 나와서 학생들의 성취 의욕을 떨어뜨릴 수 있기 때문에, 이 경우에는 '단위 학교 분할 점수 방식'을 이용할 수 있습니다. 즉, 직접 시험 문제의 난이도와 해당 학교 학생들의 수준을 감안하여 단위 학교별로 분할 점수를 설정할 수 있습니다. 학교 마다 시험 닌이도가 다르고 학생 수준이 다르기 때문에 성취도 분포는 다르고, 실제로 대입에 반영되지 않습니다.

자, 다시 고교학점제 학업성취율 40% 이상 도달의 의미를 생각해 봅시다. 2025년 이후 성취율은 90%이상은 성취도 A, 80% 이상 90% 미만은 성취도 B, 70% 이상 80% 미만은 성취도 C, 60% 이상 70% 미만은 성취도 D, 40%이상 60% 미만은 성취도 E이고, 40% 미만되면 성취도 I(incomplete)를 받으면서 미이수한 것으로 간주되고, 보충 과정 대상이 됩니다. 그런데 학생 수준이 다르고 문제 난이도가 학교 마다 다르기 때문에, 만약에 학생 수준이 낮은 학생들이 많이 분포하는 학교에서는 위와 같이 고정 분할점수를 적용하면 미이수 학생이 엄청 많이 나오게 되고, 학점을 이수하지 못하게 되어 졸업을 하지 못하는 사태가 발생할 수 있습니다. 따라서 고교학점제에서도 성취율을 학교별로 단위 학교 분할 점수 설정이 가능하다는 것입니다. 그런데 성취도 E와 I의 기준이 되는 성취율을 지나치게 낮게 잡는다면 이 또한 미이수제의 기본 취지가 무색해지는 문제가 발생하게 됩니다. 그래서 앞으로 교육부는 단위 학교 분할 점수의 급간별 차이를 어느 정도까지 허용할지에 관한 지침을 제시해야 할 것으로 생각됩니다.

즉, 학업 성취율 40%에서 40이라는 숫자는 임의적, 자의적, 상대적 성격이 강하고, 어떠한 절대적 기준이 아닙니다. 그렇다면 과연 대학에서는 이러한 성취도를 입시에 어떻게 반영을 할까요? 고교학점제가 전면 시행되는 2025년에 1학년이 되는 학생이 2027학년도에는 3학년이 되는데, 2028 대입에서 대학들은 이러한 성취도를 어떻게 대학 입시에 반영할까요? 공통과목은 9등급을 성취평가제와 함께 병기(倂記)한다고 하는데, 규준지향평가와 준거지향평가는 교육의 지향점이 상충되는데, 병기하여 상존한다는 것이 과연 바람직한 것인지 이해가 안가지만, 오늘 편지는 여기까지만 하겠습니다. 우리의 이러한 의문과 고민들이 앞으로 많은 정반합의 과정을 거쳐 자리를 잡아갈 것이라 기대하면서, 우리의 다음 편지를 기약합시다.

- from 배철민 -

- 세 번째 편지 -

기초학력 보장 지도와 최소 성취수준 보장 지도의
차이점은 무엇인가?

배철민 선생님께

　배쌤~ 배쌤이 보내 준 편지 읽고 또 읽으면서, 궁금증이 생겼습니다. 일단 질문하기 전에 내가 이해한 배쌤 두 번째 편지 내용을 요약하면

1) 최소 성취수준 보장 지도 수업 모형을 함께 연구 및 개발
2) 고교 학점제의 과목 이수 기준 중 하나는 출석 일수가 아니라 과목 출석율인데, 과목 출석을 인정하는 구체적인 기준을 마련
3) '학업 성취율 40% 이상'에서 40 퍼센트의 의미는 어떤 고정된 절대적인 특정 값을 의미하는 것이 아니라, 학생의 수준과 문제의 난도 등을 고려하여 학교 단위 분할 점수 설정 가능
4) 성취도와 9등급제의 병기가 가지는 문제점에 대해서는 고민

배쌤~ 이번에 궁금한 것은 최소 성취수준 보장 지도가 기존의 기초학력 보장 지도와 어떻게 다른 것인지 알고 싶습니다. 어느 반이든 기초가 매우 부족한 학생들이 있었고, 그 학생들의 수준에 맞게 지도하기 위한 여러 가지 방법들을 고안하고, 실천해 오고 있었는데, 최소 성취수준 보장 지도가 새삼스럽게 어떤 차이가 있길래 고교 학점제에서 강조되는 것인지 궁금하군요.

- from 박종욱 -

- 세 번째 답장 -

기초학력 보장 지도와 최소 성취수준 보장 지도의
차이점

박종욱 선생님께

　기초학력 보장 지도 대상 학생과 최소 성취수준 보장 지도 대상 학생은 겹칠 수 밖에 없습니다. 그렇지만 최소 성취수준 보장 지도의 내용이 초등학교 정사각형의 넓이를 구하는 것이 될 수는 없습니다. 최소 성취수준 보장 지도의 내용이 영어 파닉스가 될 수는 없습니다. 즉, 기초학력 보장 지도와의 최소 성취수준 보장 지도의 결정적 차이점은 수준의 차이입니다. 최소 성취수준 보장 지도는 고등학교 해당 학년의 해당 과목에서 최소한의 기대하는 수준에 도달하기 위한 지도이지, 완전 초등학교 저학년 또는 중학교 1학년 수준의 내용부터 지도하라는 뜻이 아닌 것입니다. 결국에 최소 성취수준 보장 지도는 초등학교, 중학교와 연계되어서 진행되어야 합니다. 특히 위계 성격이 강한 수학, 영어 과목을 고등학교 교사가 초등학교와 중학교에서 결핍된 내용까지 다 책임지고 지도하고, 최소 성취수준 이상을 받도록 보장하라는 것은 불가능합니다.

아예 기초가 전무하여 고등학교 과목의 최소한의 성취 수준을 달성하기에도 매우 미흡한 학생인 경우에는 아무리 학기 중 예방 지도를 위해 노력한다고 하더라도 미이수가 불가피할 것입니다. 이 학생들은 기초학력 보장 지도의 대상이면서, 최소 성취수준 보장지도 대상 모두에 해당됩니다. 예를 들면 운동부(학교 교기)가 있는 학교의 체육 특기 학생들 경우에는 대학 진학에 학교 성적이 아닌 경기 성적이 중요하기 때문에, 학력이 낮고 학업 참여율이 매우 낮습니다. 그리고 우리나라 고교학점제는 유급제도가 없는 상황이어서, 학생들이 I 등급을 받더라도, 보충지도를 수료하면 E등급을 받을 수 있기 때문에, I 등급에 대한 거부감이 없을 수도 있습니다.

그래서 이런한 학생들에게는 기초 학력 보장지도와 최소 성취수준 보장 지도가 함께 이루어져야 할 것입니다. 이때 최소 성취수준 보장 지도의 범위는 고등학교 교육과정 범위 내에 있는 것이고, 기초 학력 보장지도는 보다 포괄적인 범위가 되겠습니다.

- from 배철민 -

- 네 번째 편지 -

최소 성취수준 보장 지도가
얼마큼 실효성이 있을까?

배철민 선생님께

　배쌤 덕분에 최소 성취수준 보장 지도에 대한 궁금증이 조금씩 풀리면서 개념이 이해가 되고 있습니다. 고마워요! 그런데 최소 성취수준 보장 지도에 관해 공부하면서 드는 의구심은 '과연 얼마큼의 실효성이 있을까'입니다. 일단 2023학년도와 2024학년도는 미이수제가 실시되지 않기 때문에, 엄밀한 의미에서 최소 성취수준 보장 지도 대상 학생들에게 동기 부여의 어려움이 예상되고, 고교학점제가 전학년에 전면 실시되는 2025학년도에도 유급제가 없고, 미이수하더라도 보충과정에 평가가 없고 온라인으로 어느 정도 이상 듣기만 하여도 I등급을 E등급으로 전환시켜준다면, 미이수에 대한 거부감이 없어지고, 따라서 최소 성취수준 이상을 달성하자라는 구호가 그 대상 학생들에게는 임팩트가 없지 않을까라는 회의적인 생각이 들었습니다. 왜 다른 선진국과 다르게 우리나라는 유급제를 실시하지 않는 것일까요? 그리고 처음부터 성취도 E를 받은 학생과 보충 이수 과정을 통해 I에서 E로 전환된 학생과 차등이 없다면, 처음부터 E를 받은 학생들이 억울하지 않을까요? 또한 대학에서 준거지향평가인 성취평가제의 등급을 어떻게 대학 입시에 반영을 할까요? 그리고 미이수 학생 발생 시 업무 증가를 우려하여 처음부터 평가계획을 세울 때 수행평가의 비중을 높이되, 수행평가의 난도는 낮추어서 변별도를 떨어뜨리면, 지필평가의 결과와 상관없이 최소 성취수준이 달성되도록 설계한다면, 최소 성취수준 보장 지도의 취지가 무색해지는 것이 아닐까요? 최소 성취수준 보장 지도가 업무 부담으로 작용하여 현장에서 형식적으로 운영이 되는 현상이 생길 수도 있지 않을까라는 우려도 있습니다. 배선생님의 의견이 궁금합니다.

- from 박종욱 -

- 네 번째 답장 -

최소 성취수준 보장 지도의 실효성은
어느 정두일 것이라고 예상하는가?

박종욱 선생님께

　2023학년도와 2024학년도에는 최소 성취수준 보장지도를 해야 하지만 미이수제가 실시되지 않기 때문에, 2025학년도 고교학점제 전면 시행을 앞두고 연습한다는 느낌이 있습니다. 최소 성취수준 보장 지도 대상 학생을 진단 평가를 통해 학기초에 선발하면, 아마 영어 뿐만 아니라 다른 과목에서도 최소 성취수준 보장 지도 대상 학생으로 선발되었을 가능성이 높습니다. 보통의 경우 이 학생들은 기본적으로 기초 학력이 낮고, 학업에 대한 의욕이 낮은 경우가 많습니다. 미이수제를 실시하든, 하지 않든 기본적으로 학업에 관심과 흥미, 의욕이 낮고, 자신감과 자존감이 학업과 관련하여 매우 낮습니다. 그래서 미이수제를 실시한다고 하더라도 이 학생들이 겁을 먹고 엄청난 동기 부여가 되어서 행동의 변화가 생기고, 공부 습관이 형성될 것이라고 기대하기 어렵습니다. 따라서 중요한 것은 미이수제라는 제도적 장치보다는 최소 성취수준 보장 지도의 취지에 대한 정확한 이해를 바탕으로 한 교사들의 인식의 전환과 실천입니다. 지금까지 저도 주로 중상위권 학생들의 영어 실력 향상에 초점을 맞추어 왔지만, 최소 성취수준 보장 지도에 관해 공부하면서 공부를 어려워하는 학생들이 다시 보이고, 관심을 더 많이 가지게 되었습니다. 그래서 어떻게 하면 이러한 학생들도 영어에 흥미를 가지고, 수업에 더 잘 참여하게 할 수 있을지 고민을 더 하게되었습니다.

유급제가 없고, 사실 보충 이수 과정이 그렇게 어렵지 않다면, 그러한 제도적 장치는 사실 이 학생들에게 그렇게 두려운 제도가 아닙니다. 단지 조금 더 귀찮아졌을 뿐이라고 생각할 겁니다. 그래서 최소 성취수준 보장 지도의 성패는 미이수제와 보충 이수 과정이라기 보다는 본질적으로는 이 제도를 통해서 우리 교사들이 학업을 어려워하는 학생들이 최소한의 성취 수준을 통과할 수 있도록 지원(to support)하는데 있다고 생각합니다.

사실 학생 입장에서 가장 두려운 제도는 미이수로 인한 유급제일 것입니다. 최소 성취수준을 미달하였을 경우 학년을 진급하지 못한다고 하면 매우 두려워하여 기필코 최소 성취수준 이상을 달성하기 위하여 열심히 노력할 것입니다. 그렇지만 유급제를 두려워하여 최소 학업 성취율 이상을 달성하려는 시도조차 하지 않는 학생들이 분명히 있습니다. 무기력과 무

의욕이 몸과 정신을 지배하여, 아무것도 하지 않으려는 학생들이 있습니다. 이 학생들은 최소 성취율 이상을 달성하기 위해 노력하지도 않을뿐더러, 시도를 하더라도 기초 학력이 너무 낮아서 한 학기만에 40% 성취율을 달성하기가 매우 어려운 학생들이 있습니다. 그래서 최소 성취수준 보장 지도가 고등학교에서뿐만 아니라, 초등학교, 중학교에서도 시행되어야 하는 이유입니다. 그런데 이 학생들은 보충이수과정 또는 대체 이수도 참여하지 않을 가능성이 높습니다. 만약 유급제를 시행한다면, 이 학생들은 졸업을 못하게 될텐데, 이때 학교에서 이러한 학생들이 누적되었을 경우에 지도 및 관리 문제와 학생 스스로도 유급 학생이라는 낙인 효과라는 주홍 글씨를 평생 안고 살아가야 하기 때문에 부정적인 사회 문제가 될수가 있습니다. 유급제는 아주 강력한 동기 요소임에는 틀림없지만, 유급제로 인한 학교와 사회에 미치는 부정적 파장을 고려하지 않을 수 없습니다. 오래 전부터 유급제를 시행하고 있는 유럽과 미국과 같은 선진국에서는 이 문제를 어떻게 접근하고 해결하고 있는지 연구해 보면 해답의 실마리가 보이겠지만, 제 소견으로는 긍정적인 효과보다는 부정적 결과가 생길 양산이 높다고 생각됩니다. 그래서 최소 성취수준 보장 지도는 징벌적 접근보다는 지원적 접근으로, 결과적 또는 성과적 접근보다는 과정적 접근법에 가까워야 한다고 생각합니다.

그리고 교육부에서는 처음부터 성취도 E를 받은 학생과 I등급을 받았다가 나중에 보충 이수 과정을 통해 E등급으로 전환된 학생을 구별하기 위해서, 나중에 보충 이수 과정을 통해 E등급을 받은 학생의 학생부에 별도의 표시를 해야 한다는 규정을 정할 필요가 있다고 생각합니다. 그렇지 않으면 처음부터 E등급을 받은 학생들은 형평성에 맞지 않다고 생각할 수 있기 때문입니다. 대학교에서 이를 입시에 어떻게 반영할지는 대학교에서 정할 문제이지만, 어쨌든 아무런 차이점이 없다면 I등급을 받는 것에 대해 학생들은 전혀 거리낌이 없이 받아들이고, 학업성취율을 달성하지 못해도 어차피 보충 이수 과정 이수하면 그만이라고 생각할 수 있기 때문에 우려가 됩니다. 또한 보충 이수 과정이 평가없이 단순히 일정 수준 이상의 온라인 수업 진도만 나가면 수료되는 수준이라면 더더욱 I 등급이 아무런 의미가 없는 등급이 될 수도 있습니다. 그런데 여기서 만약 보충 이수 과정에 평가를 도입한다면, 또 이수를 못하는 사태가 생길 수 있기 때문에, 미이수자가 결국 발생할 것이고, 미이수가 계속 누적되어서 졸업 최소 학점을 못 채우게 되면, 졸업을 못하게 되는 문제가 생기게 됩니다. 그래서 재이수는 힘들겠지만, 대체 이수 방식을 도입할 것으로 예상이 되는데, 분명 이 문제에 대해서도 정확한 지침이 나와야 할 것 같습니다.

그리고 만약에 지역 사회에 저 학교에 가면 최소 성취율을 통과하기가 어려워서, 미이수자가 많이 나와서 보충 이수 과정을 듣는 학생이 많다는 소문이 나면, 지역 중학생들은 그 학교를 기피하고, 그렇지 않은 학교로 전학을 가거나 진학을 가는 일이 생길 수 있습니다. 그러면 관리자 입장에서는 비공식적으로 미이수자가 교과별로 발생하지 않도록 당부를 할 것이고, 눈치를 볼 수 밖에 없는 교사들은 또한 자신의 업무 과중을 우려하여 아예 평가계획을 세울 때 처음부터 수행평가 비중을 60% 이상으로 늘리고, 지필평가 비중을 40%이하로 줄이고, 수행평가의 난도를 낮추어서 변별도를 떨어뜨려서 거의 대부분의 학생들이 높은 점수를 받도록 평가를 설계하면, 지필평가를 잘 못 쳐도 최소 학업 성취율을 넘기게 됩니다. 그러면 한 명도 미이수자가 발생하지 않게 되는거죠. 그리고 단위 학교 분할 점수의 E등급과 I등급의 경계 퍼센트를 낮게 설정하여, 최대한 미이수자가 발생하지 않도록 처음부터 설계를 해 버린다면, 과연 교육부는 이러한 방식을 제재할 수 있는 어떤 방안을 또 내놓을지 잘 모르겠습니다. 그래서 이런 식의 꼼수(?) 운영을 막기 위한 또 다른 규정이나 지침이 아마 교육부에서 내놓지 않을까라고 생각합니다. 그런데 만약 미이수자가 많이 발생하였을 경우에 대입에 불리하지 않고, 지역사회에서 학교 이미지가 나빠지지 않고, 교사의 업무가 과중되지 않고, 학생 지도의 부담이 늘지 않는다면 상관이 없겠지만, 현실적으로 과연 그럴까라는 합리적 의구심이 생길 수 밖에 없습니다. 그래서 이에 대한 공개 토론회와 교육부와 현장의 소통이 더욱 중요하다고 생각됩니다.

좋은 제도의 좋은 취지는 이해하지만, 현실적으로 우려되는 점도 많은 것이 사실입니다. 완벽한 제도는 없지만 예상되는 부작용을 최소화할 필요는 있다고 생각합니다. 우리의 이런 고민이 성공적인 고교 학점제의 안착에 도움이 되길 바라면서 이번 편지를 마무리하겠습니다. 다음 편지를 기다리겠습니다.

- from 배철민 -

- 다섯 번째 편지 -

출석률 자체가 낮은 학생은
미도달 예방 지도를 어떻게 해야 하나?
끝까지 미이수로 남게되면 정말 졸업을 안 시킬 것인가?

배철민 선생님께

선생님! 수업과 업무로 바쁘실텐데, 제 편지에 답장을 정성
껏 해 주셔서 정말 감사드립니다. 오늘 제 질문은 과목 이수
기준은 과목 출석률과 학업 성취율인데, 만약에 과목 출석율
자체가 낮은 학생은 최소 성취수준 보장 지도를 하고 싶어도
학교 출석 자제를 잘 안하니까, 이런 경우에는 최소 성취수준
보장 지도를 하고 싶어도 하기가 어려운데, 이런 경우에는 깔
끔하게 포기해도 되는 건가요? 아니면 다른 방법을 강구해야
하나요? 또한 I등급을 받은 학생이 보충 이수 과정조차 통과
하지 못해서, 결국 미이수로 끝까지 남게 되어, 졸업 이수 학
점을 못 채우게 되면, 정말로 졸업을 안 시키는 건가요? 그
럼 그 학생은 1년을 더 학교에 남아서 대학처럼 졸업 이수
학점을 채우기 위해 수업을 들어야 하나요? 그런데 이 경우
에 필요한 만큼만 학점을 듣고 하교를 하면 되는건가요? 아

니면 한번 더 1년 모든 교육과정을 다시 이수해야 하는 건가
요?

- from 박종욱 -

- 다섯 번째 답장 -

출석률 자체가 낮은 학생은
어떻게 미도달 예방 지도를 해야 하는가?
끝까지 미이수로 남게 되면
정말로 졸업을 안 시키는가?

박종욱 선생님께

선생님 말씀처럼 과목 이수 기준은 과목 출석률과 학업성취율입니다. 과목 출석율은 수업 횟수의 3분의 2 이상 출석입니다. 그런데 과목 출석률 자체가 낮은 학생의 경우에 어차피 과목 이수 기준을 미달이 예상되므로, '최소 성취수준 보장 지도를 하지 않아도 되는가'라는 질문을 하셨습니다. 결론은 '방법을 찾아야 한다'라고 말씀을 드리고 싶습니다. 학생의 과목 출석률이 최종적으로 3분의 2를 넘는지는 사실상 학기 말에 되어야 알 수 있기 때문에, 미이수할 것이라고 학기중에는 단정지을 수 없습니다. 그래서 학생이 개인적인 사유로 학교라는 공간과 수업이라는 시간에는 없더라도 학생이 최소한 성취도 E 이상을 받을 수 있도록 지원할 수 있는 방법을 찾아야 합니다. 바로 이때 필요한 기술이 온라인 프로그램을 이용한 수업입니다.

예를 들면 메타버스에 접속해서 가상 교실에서 학생이 모바일 기기를 접속해 수업을 듣거나 과제를 해결할 수 있습니다. 코로나 팬데믹 이후로 교사들은 온라인으로 수업하는 방법을 적극적으로 익히고 있습니다. 교육에 활용할 수 있는 많은 프로그램이 계속해서 개발되고 있기 때문에, 이러한 온라인 프로그램을 이용하여 수업할 수 있는 기술을 익히는 것이 교사의 필수 역량이 되고 있습니다. 각종 AI를 활용한 수업 레시피를 연구하고 개발하여 수업 참석률이 낮은 학생일지라도 최소 성취 수준 이상을 달성할 수 있도록 지도해야 할 것입니다. 한명의 학생이라도 포기하지 않고 끝까지 지원을 아끼지 않는 자세가 필요하다고 생각합니다.

이용할 수 있는 프로그램의 예를 들자면 다음과 같습니다. 패들렛, 네컷만화, 타입캐스트 스토리, 오토드로우, 퀵드로우, 씨잉 뮤직, 크롬 뮤직 랩, 네이버 스마트렌즈, 구글 렌즈, 구글 아트앤컬처, 코스페이시스, Halo AR, 엔트리, 인트리 데이터 분석과 머신러닝, 카훗, 클래스카드, ZEP 등 교육에 활용할 수 있는 정말 많은 프로그램들이 있습니다. 이런 프로그램들 중에 적합한 도구를 선택하여 출석률이 낮은 학생을 지도할 수 있을 것입니다.

그런데 현실적으로 교사의 역량, 시간, 에너지는 한계가 있습니다. 그래서 최소 성취수준 보장 지도의 취지도 좋지만, 현실적으로 많은 학생들을 관리하고 지도해야되는 상황에서, 최소 성취수준 보장지도 대상 학생에게 너무 많은 에너지를 쏟기는 힘듭니다. 따라서 성공적인 최소 성취수순 보장 지도가 되기 위해서는 대폭적인 업무 경감과 (보조)교사의 지원이 없이는 어렵다고 생각합니다.

　　그런데 보충과정도 통과하지 못해서 결국에 I 성취도를 받아 미이수가 되고, 이것이 많이 쌓여서 졸업 이수 학점을 못 채운 학생이 생기면, 이 학생은 정말로 졸업을 못하게 되는 것인지 문의해 주셨습니다. 이와 같은 학생이 최대한 발생하지 않도록 하기 위해 최소 성취수준 보장 지도를 하는 것이지만, 그럼에도 불구하고 이런 학생들이 나올 수가 있다고 생각합니다. 원칙대로라면 졸업을 시킬 수가 없는데, 그럼 학교에 남게되어 또 다른 문제가 될 수가 있습니다. 아예 학업의지가 없는 학생의 경우에는 재이수는 현실적으로 어렵고, 대체 이수제와 같은 방법으로 학점 이수를 허용하지 않을까 예측이 됩니다. 이에 대한 자세한 방침은 교육부에서 고교학점제가 전면시행되는 2025년을 즈음하여 내 놓을 것이라고 생각합니다.

　　교육의 질 제고라는 고교학점제의 기본적인 목적이나 도입

취지를 고려할 때 최소 성취수준 보장 지도는 학생 개인뿐만 아니라 국가 및 사회적으로도 매우 중요한 의미를 가지지만, 아예 학업에 대한 의지가 없거나 지적 능력이 따라 오기가 힘든 수준이거나, 기초 학력이 너무 낮은 경우에는 미이수가 불가피하고, 이 경우에 구체적으로 어떻게 처리해야하는지에 대한 대책이 나올 필요가 있다고 생각합니다.

- from 배철민 -

- 여섯 번째 편지 -

최소 성취수준 미도달 예방 교육을 하였는데 내신의 플러스 효과기 발생하였을 경우, 형평성 문제는 없을까?

배철민 선생님께

　　배선생님과 편지를 주고 받으면 받을수록, 최소 성취수준 보장 지도에 관한 이해가 조금씩 선명해 지고, 그림이 구체적으로 그려지는 것 같아 기분이 좋습니다. 이번에 드릴 질문은 만약 학기중에 미이수할 것 같은 학생들을 선별하여 따로 최소 성취수준 보장 지도를 하였을 경우, 그 학생이 만약 내신 시험 성적이 잘 나오게 되면, 지도를 받지 않은 학생이 형평성 문제를 제기하면 어떻게 되나요? 기본적으로 내신은 수업 시간에 교사에게 배운 내용을 바탕으로 출제가 되는데, 그런데 그 선생님이 방과후 시간에 최소 성취수준 보장 지도를 하여서 그 학생이 유리한 것이 아니냐고 형평성에 관한 이의를 제기하는 학생이 있다면, 이때는 어떻게 해야 할까요? 현재도 방과후 수업 시간에는 내신과 관련한 수업을 해서는 안 되고, 방과후 수업 시간에 다룬 내용을 내신 시험에 출제해서도 안 됩니다. 왜냐하면 정규 교육 과정 시간이 아니라, 말

그대로 방과후 수업은 학생의 순수한 선택에 의해서 이루어지는 수업인데, 이 때 내신 관련한 수업을 하고, 그 방과후 수업을 들은 학생들이 내신 성적에 플러스가 되는 현상이 생긴다면, 수업을 듣지 않거나, 수업을 듣지 못하는 학생의 경우에는 형평성 문제를 제기할 수가 있는 것과 같습니다.

미이수 예방지원이 자칫하면 특혜로 오인될 수 있지 않을까하는 염려입니다. 특히 공통과목의 경우 성취평가제(준거지향평가)와 더불어 9등급제(규준 지향 평가)가 병기되기 때문에, 더욱 예민할 수 있는 문제라고 생각합니다. 선생님의 생각은 어떠신지요?

- from 박종욱 -

- 여섯 번째 답장 -

최소 성취수준 미도달 예방 교육을 하였는데,
다른 학생이 형평성 문제를 제기하면 어떡하나?

박종욱 선생님께

  그래서 학기초에 가정통신문을 전체 학부모님께 잘 보내야 합니다. 보낼 때, 최소 성취수준 보장 지도를 시행한다는 안내문을 보내고, 진단평가를 통해서 최소 성취수준 보장 지도 대상 학생이 되었을 경우 예방 보충 지도 과정을 어떻게 운영할 것인지를 안내하고, 이는 의무 사항이 아니고, 권장 사항이라고 명시해야 합니다. 그리고 진단 평가를 통해서 최소 성취수준 보장 지도 대상 후보가 되지 않더라도, 방과후 보충 과정 이수를 희망하는 학생이 있다면 들을 수 있다고 안내해서, 추후에 발생할 수 있는 형평성 문제를 사전에 차단할 수 있다고 생각합니다.

  이렇게 예민하게 형평성 문제를 제기하는 학생들이 발생할 소지가 있는 것은 바로 9등급제(상대평가, 규준지향평가)를 병기하기 때문입니다. 왜 하필 공통과목(필수과목)은 9등급제를 병기하는지 이유를 저도 잘 모르겠습니다. 절대평가면 절대평가고, 상대평가면 상대평가인지, 공통과목에 한해서 9등급제를 병기하는 이유를 잘 모르겠습니다만, 이것이 대입과 관련하여 절대평가를 신뢰하지 못하는 대학교의 요청이 있어서 그런 것이 아닐까 생각이 듭니다. 대학 서열화 문제가 대한민국에서 없어져서, 고등학교 교육과정이 정상화 되었으면 좋겠습니다.

수업 시간 외에 보충과정으로 내신에 득을 보는 학생이 있다면 문제가 될 수 있는데, 그렇다고 해서 최소 성취수준 보장 지도를 안할 수도 없고, 따라서 가정통신문에 최소 성취수준 보장 지도에 관해 학부모님께 잘 설명을 드리고, 희망하는 학생이 있다면 보충 과정을 들을 수 있다고 알리면 될 것 같습니다. 그런데 그 보충 과정의 수준이라는 것이 매우 낮은 수준이기 때문에 그렇게 예민하지 않아도 될 것이라고 생각하는데, 그 놈의 9등급제 때문에 일부 학생들이 예민할 수도 있을 것 같습니다. 예를 들어서 가정 형편상 7교시 마치고, 집으로 바로 가서 동생을 돌봐야하는 학생이 있다면, 물리적으로 8교시 보충과정을 듣고 싶어도 들을 수가 없기 때문에, 형평성에 위배된다고 말할 수도 있습니다. 이 경우에도 여러 가지 방법을 동원하여 수업만 듣는 학생이 불이익을 받지 않도록 최대한 신경을 기울여야할 것 같습니다. 그럼 이 정도로 오늘 편지는 마무리하도록 하겠습니다. 건강하시고, 다음에 또 편지해요.

- from 배철민 -

- 일곱 번째 편지 -

꼼수(?)를 쓰면 어떡하나요?

김정은 선생님께

　선생님도 아시다시피 과목을 이수했다는 기준은 과목 출석률과 학업 성취율 2가지이며, 이를 충족하면 학점을 취득하게 됩니다. 그런데 학업 성취율은 40% 이상 도달하면 되는데, 이때 만약에 학업 성취율 40% 미만 학생이 나오지 않도록, 처음 평가 계획을 설계할 때부터 수행평가 비중을 높이고, 지필평가 비중을 낮추면 아예 미이수자가 나올 수가 없습니다. 예를 들면 수행평가 비율을 60%, 지필평가 비율을 40%로 하고, 지필평가 100점 만점에 서술형을 75점 출제를 한다면 서술형 비중 30%가 되어 최소 서술형 비중도 충족하게 됩니다. 이때 과정형 수행평가의 변별도(난이도)를 상당히 낮춘다면, 이미 수행평가에서만 학업 성취율을 40%이상 달성하게 되어, 과목 이수 기준을 통과하게 됩니다. 이렇게 평가 계획을 세우면 거의 미이수자가 나오는 것이 불가능해집니다. 최소 성취수준 보장 지도라는 제도가 의도하지는 않았지만, 미도달 학생 예방지도와 보충 지도를 안하고, 미이수자 발생으로 인한 부정적 학교 이미지 방지를 위해 이러한 꼼수(?)를 쓴다면 이것을 반칙이라고 부를 수 있을까요? 평가권은 교사의 전문성에 기반한 교권으로서 침해할 수 없는 권리인데, 이렇게 평가 계획을 설계한다고 해서 비난할 수 있을까요? 최소 성취수준 보장 지도가 전혀 의도하지는 않았지만, 일선 현장의 교사들은 미이수자 발생으로 인해 생길 수 있는 추가적인 업무 부담을 피하기 위하여 아예 처음부터 평가 비중을 조절하는 방법을 취하는 경우가 생긴다면 김정은 선생님께서는 어떻게 생각하시는지 의견을 듣고 싶습니다.

- from 박세빈 -

- 일곱 번째 답장 -

정말로 그런 꼼수(?)를 쏠까요?

박세빈 선생님께

교육부는 고교학점제와 최소 성취수준 보장 지도라는 말을 듣는 순간부터 업무 가중이라는 걱정부터 할 수 밖에 없는 현장에서 근무하시는 선생님들의 상황을 이해하는 것이 우선이라고 생각합니다. 고교학점제의 필요성에 대해서는 충분히 공감을 하며, 최소 성취수준 보장 지도가 고교학점제의 성패를 가르는 정말 중요한 과정이라는 것에 대해서도 충분히 이해하지만, 지금도 업무 부담이 큰 상황에서 제대로 교재 연구조차 하기 힘든데, 여기에 최소 성취 수준 보장지도를 위해 학기초에는 미도달 예상 학생을 파악하고, 학기중에는 미도달 예방지도를 하고, 학기말에는 미도달 학생 보충 지도까지 부담해야 한다면 양심적으로는 그렇게 하면 안된다고 느끼면서도, 선생님이 말씀하신 것처럼 현실적인 선택을 할 수도 있다고 생각합니다.

그런데 교육부가 정말로 현장의 이러한 상황과 교사들의 부담감을 모를까요? 이미 고교학점제 연구학교와 선도학교의 경험을 통해서 충분히 의견수렴을 많이 했을거라고 생각합니다. 따라서 미도달 예방지도를 위한 보조(협력) 교사 지원과 미도달 학생 보충지도를 위한 온라인 보충 지도 프로그램을 개발하고 있는 것으로 알고 있습니다. 따라서 일선 교사들에게 최소 성취수준 보장 지도로 인한 부담감은 우려하는 것과는 다르게 그렇게 크지 않을 것으로 생각합니다. 또한 수행평가의 비중을 늘리고, 수행평가의 난도를 낮추어서 변별력을 극도로 낮추게 되면, 결국 지필평가의 한 두문제로 인해 등급이 나누어질 수 밖에 없습니다.(공통과목은 성취도와 등급 병기) 그렇게 되면 지필평가를 어렵게 출제할 수 밖에 없습니다. 수행평가를 거의 모든 학생이 만점을 받은 상황에서, 지필평가마저 쉽게 출제된다면 동점자가 속출할 것이고, 변별에 실패하게 될 것입니다. 지필평가 비중은 수행평가보다 적지만, 실질적인 등급 결정자(determiner)가 되어버리게 되어 과도한 경쟁을 유발하고, 교육 정상화를 저해하게 될 것입니다. 한 문제를 틀려도 소수점으로 등급이 결정되는 일이 벌어질 수도 있습니다.

따라서 제 생각에는 실질적인 교사의 부담은 그렇게 크지 않을 것이며, 수행평가의 난도도 지나치게 낮게 설정되지 않을 것이며, 지필평가의 비중을 지나치게 줄이지도 않을 것 같습니다. 그리고 학기말 평가 결과를 토대로 최소 성취수준 미도달 학생에 대한 보충 지도 프로그램에 있어서 '평가'까지 없다면(즉, 단순히 온라인 수업을 재생(플레이 버튼)하기만 하면 되는 정도라면) 더더욱 미도달 학생(I grade)이 E grade로 되는 것은 어렵지 않아 더욱 교사와 학생의 부담이 모두 줄 것이라고 생각합니다. 물론 이 정도로 쉽게 E 성취도를 달성할 수 있다면 최소 성취수준 보장 지도 제도가 기대하는 구속력, 강제력, 유인력은 기대치보다 훨씬 하회하고, 그 실질 효과도 떨어질 것이라 생각됩니다. 아무리 최소 성취수준 보장 지도가 징벌적 차원이 아니라 지원적 차원으로 이해해야한다고는 하지만, 유급이 없고, 미도달 학생 보충 지도에서 평가까지 없는 수준이라면, 기초학력 보장 지도처럼 빛 좋은 개살구처럼 공허하게 메아리만 울릴 공산이 큽니다. 유급 제도가 없는 고교학점제, 미이수를 하더라도 누구라도 쉽게 학점 이수를 할 수 있는 시스템이라면, 미이수자가 거의 없는 이수제라면, 과연 얼마만큼 실효성이 있을지 의구심이 드는 것도 사실입니다. 오늘 제 편지는 여기까지만 쓰고, 다음에 또 편지 주고 받아요. 수고하세요~ 선생님.

- from 김정은 -

- 여덟 번째 편지 -

최소 성취수준 보장지도를 이상적으로 구현하는 학교를
학생들과 교사들은 정말로 원할까요?

김정은 선생님께

수행평가 비중을 늘리지 않고, 지필평가 비중을 줄이지도 않고, 일부러 난도를 줄이지 않고, 미이수자가 발생하지 않도록 어떠한 비율 및 난도의 조작이 없이, 정상적으로 문항의 타당도와 변별도를 잘 계산해서 출제한다면 Ⅰ 성취도 학생이 많이 나올 수 있다고 생각합니다. 그렇다면 Ⅰ 성취도가 많이 나오는 학교, Ⅰ 성취도가 많이 나오지 않도록 정말 진지하고 열심히 미도달 예방 지도를 잘 하는 학교, 일체의 평가계획의 비율 조정이 없는 학교, 난도 조정을 하지 않는 학교를 학생들이 선호할까요? 그리고 선생님들도 정말 이렇게 책임교육을 해야 한다는 것이 맞다는 것은 알고 있지만, 정말 이렇게 제대로(?) 최소 성취수준 보장 지도를 하기를 원하실까요?

중3 학생들:

" 저 학교 가면 다른 학교에 비해 수행평가도 안 쉽고, 지필평가도 안 쉽대. 그리고 미리 미도달 예상 학생을 철저하게 파악해서 정말 빡세게 보충지도를 한다고 하더라. 방과후 지도, 보충 과제 부여, 학생 멘토링(온·오프라인)을 철저하게 해서 절대 미도달하지 않도록 공부 제대로 철저하게 시킨다고 하더라. 그리고 만약 미도달하게 되면 방과후와 방학 중 보충 지도 프로그램을 운영하는데, 평가를 통해 철저하게 최소 성취수준 이상을 달성하도록 책임교육을 한 대."

선생님 제가 이번에 궁금한 것은 정말 어처구니 없는 질문일 수도 있는데요, '최소 성취수준 보장 지도를 정말 이상적으로 잘 구현하는 학교를 학생들과 교사들은 정말 원할까'라는 의문이 들었습니다. 학업 결손이 초등학교와 중학교에서 상당히 심각하게 누적된 학생들의 경우에 정말 고등학교에 올라와서 그 결손된 부분을 정말 잘 메꾸어주기 노력하는, 최소 성취수준 보장 지도를 이상적으로 하는 학교에 가고 싶어할까요? 교사들은 그런 학교에서 근무하기를 원할까요?

- from 박세빈 -

- 여덟 번째 답장 -

학생들은 원하는데, 교사들은 원하지 않는
모순적인 상황

박세빈 선생님께

　정말 제대로 최소 성취수준 보장 지도를 한다면 학생들은 원하는 학생들이 더 많을 것이고, 교사들은 원하지 않는 선생님들이 더 많을 것 같습니다.

　고교학점제가 성공하기 위한 선결조건은 책임교육에 있다는 인식의 제고가 우선 교사들에게 있어야 할 것입니다. 그런데 이 중요한 최소 성취수준 보장지도가 오직 단위 학교의 국영수사과 교사들에게만 부담이 지워진다면, 의식이 제고되더라도 실천할 수 없는 상황에 직면하여 의식의 괴리만 발생할 것입니다. 최소 성취수준 보장 지도 계획, 미도달 예상 학생 진단 평가, 미도달 예방 지도, 미도달 학생 보충 지도의 일련의 모든 과정들이 단위 학교의 현장의 교사들에게만 추가되는 업무라면 제대로 책임교육이 이루어지기 어려울 것입니다. 제대로 하고 싶어도, 제대로 할 수 없는 상황이라면, 제대로 하고 싶지 않을 것입니다. 지역 교육청과 도 교육청이 함께 이 문제를 해결하기 위해 진정성을 가지고 고민하지 않는다면, 현장의 교사들은 적극적으로 책임교육을 실천하기 어려울 것입니다. 성직자에 준하는 희생정신을 이미 업무 과부하에 탈진과 스트레스로 고통받고 있는 교사들에게 강요할 수는 없기 때문입니다. 교육지원청 차원의 책임교육 지원 방안에 대한 구체적인 대안이 제시되어야 할 것입니다.

그리고 최소 성취수준 보장지도의 개념을 교과차원의 책임지도라는 협의의 시점으로 접근해서는 안 되고, 모든 학생들이 선택한 교과에서 요구되는 이수 기준을 충족할 수 있도록 도울 수 있는 학사 운영의 총체적 과정으로 이해되어야 하며, 이를 위해 교과 교사 뿐만 아니라, 진로 상담 및 진학 교사 등 학교 구성원 모두의 협업이 필요하다는 인식의 전환이 필요하다고 생각합니다.

초등학교와 중학교때부터 학업 결손이 심각한 학생들은 지능이 낮을 수도 있겠지만, 동기가 부족하거나, 가정에 문제가 있을 수 있습니다. 학습 부진아 학생들에게 지능은 가변적이라는 믿음을 심어 주도록 교사들은 노력해야 할 것입니다. 학생 스스로가 스스로의 지능에 관해 어떤 인식을 가지고 있는지 알아보아야할 것입니다. 자신의 지능에 관하여 부정적인 인식을 가지고 있다면, 능력이 아닌 학생의 노력을 칭찬하기 위해 노력해야 할 것이며, 노력은 결국 결실을 맺는다고 말해

주어야 하며, 실패를 학습의 사연스러운 과정으로 여길 수 있도록 해야할 것이며, 교사는 장기적인 목표를 가지고 학습 부진아 학생을 성실히 지도하겠다는 믿음을 보여주어야 학생에게서 유의미한 변화를 끌어낼 수 있을 것입니다. 이처럼 학습 부진학생을 지도하는 것은 지식적 영역뿐만 아니라 정의적 영역의 관심을 많이 필요로 하는 부분이기 때문에, 지금과 같은 과도한 업무에 쫓겨 지내는 상황에서 제대로된 최소 성취수준 보장지도를 기대하기는 어렵다고 생각합니다.

최소 성취수준 보장 지도를 잘 하기 위해서는 수업 방식이 바뀌어야 합니다. 왜 학생들이 학교를 좋아하지 않는지에 관한 이유를 솔직하게 직면하고 정리해서 이를 고치기 위해 노력해야 합니다. 그래서 수업을 바꾸면 학교가 바뀌게 되고, 학생들이 좋아하는 학교가 되면 최소 성취수준 보장 지도를 하기가 한결 수월해 질것입니다. 하지만 그렇지 않고 피상적이면서 형식적으로 접근한다면, 최소 성취수준 보장지도는 빛좋은 개살구일 뿐일 것이고, 허울만 좋고, 알맹이는 없는 가식적인 허식일 뿐일 것입니다.

정말 제대로 최소 성취수준 보장 지도가 이루어지기 위해서는 교육과정이 바뀌어야 하고, 수업이 바뀌어야 하고, 평가가 바뀌어야 하고, 인성중심의 배움중심 수업도 도입되어야 하고, 4차 산업혁명 시대의 미래 교육을 위해 에듀테크 기법들도 도입되어야 할 것입니다. 즉, 최소 성취수준 보장 지도를 정말 제대로 잘 실시하려는 의지를 가진다는 것은 이런 총체적이면서 혁명적인 학교 혁신을 의미한다고 생각합니다.

그런데 우리 교사들은 이런 혁신을 할 여백이 조금이라도 과연 남아있기는 한건지 자조적인 어조로 묻고 싶습니다. 업무에 치여서 수업 연구도 제대로 할 수 없는 상황에서, 최소 성취수준을 달성할 수 있도록 보장하라는 것은 벌써부터 실패를 복선처럼 깔고 있다고 생각합니다. 미도달 학생이 아예 나오지 않도록 평가계획에서 비율과 난도를 의도적으로 조정하는 것은 평가 변별도를 떨어뜨려서 평가의 신뢰도를 추락시킬 것이고, 오히려 교육은 퇴보할 수도 있습니다. 제대로된 과정 중심 수행평가가 아닌 점수주기 위한 과정중심 수행평가로 전락할 수도 있습니다. 대입의 시녀로 전락한 고등학교 교육은 이제는 줄도 제대로 세우지 못하는 구더기 무서워서 장도 못 담그는 상황이 될 수도 있습니다. 유급제 없는 미이수제 도입의 정당성과 필요성에 대해 교사들은 그 실효성에 대해 의구심을 가지지 않을 수 없을 것입니다. 정말 책임교육을 통한 교육 전반적인 학력 향상을 위해 노력을 제대로 하자는 뜻인지, 아니면 그냥 형식적으로 진행하라는 시그널을 교육부에서 보내는 것인지도 잘 모르겠습니다.

기초학력 보장 지도 업무와 최소 성취수준 보장 지도의 업무가 이원화되면 제대로 된 업무 추진이 어려울 것입니다. 왜냐하면 기초학력이 낮은 학생들이 최소 성취수준 미도달 예상 학생과 대부분 겹치기 때문입니다. 그리고 진단평가의 방법과 선발 방식이 학교마다 다르고, 과목마다 다르다면, 이에 대한 형평성 문제와 신뢰도 문제가 발생할 것입니다. 진단 평가를 어떻게 해야하는지에 관한 구체적인 방법이 공유되어야 하며, 그 기준 또한 어느 정도 통일될 필요가 있을 것입니다. 그리고 미도달 예방 지도 방식도 단순 동영상을 틀어주는 방식부터 멘토링에 이르기까지 다양한 방식이 있을 수 있는데, 이 또한 단위학교의 순수 자율에 맡기게 될 경우 형식적으로 지도하는 학교의 최소 성취수준 지도의 보장은 어떻게 보장될 수 있는지, 이에 대한 정책적 관리 방안이 지원교육청에는 있는지 궁금합니다.

또한 미이수를 판정하기 위한 문항 개발이 이루어져야 하는데, 이러한 문항 제작과 변형에 관한 연수와 트레이닝이 없이는 제대로 된 변별력을 갖춘 문항 개발이 어려울 수가 있습니다. 또한 학업 누적 결손이 심각한 영어와 수학의 경우에는 학업성취율 기준을 40%로 설정할 경우 미도달 학생이 무더기로 나올 수 있기 때문에 이때는 단위학교 분할점수를 설정해야 하는데, 이 때에도 지나치게 낮은 성취율을 설정한다면, 이 또한 일종의 꼼수여서 아예 미도달 학생이 극소수로 나오도록 설계하여 책임 교육의 책임을 회피하는 것으로 볼 수도 있습니다. 단위학교 분할점수 성취율 기준을 어디선까지 낮출 수 있는지를 순수하게 자율로 맡길지에 대해서는 고민이 필요하다고 생각합니다.

그리고 최소 학업성취수준 진술문의 애매모호함을 인정하지 않을 수 없는 상황에서, 제대로 된 이수와 미이수의 판단 기준으로 삼을 수 있는지에 대해서도 불안감을 느끼고 있습니다. 그래서 미래역량교육을 실현하는 현장형 효과적인 피드백 방법에 관한 연구를 향후 전학공 주제로 삼을 계획도 가지고 있습니다.

형식적인 성취평가제가 아닌 내실화된 실질적인 모든 수업의 방향을 설계하고 연계하는데 기준이 되는 성취평가제가 되기 위해서는 많은 연수, 전학공이 이루어져야 하고, 활발한 온·오프라인 공유가 필요하다고 생각합니다.

고교학점제의 성공과 책임교육의 구현을 원론적으로는 원하지 않는 교육 주체는 없을 것입니다. 그렇지만 과연 교육부와 교육지원청은 이를 실현하기 위한 절박하고 강한 의지가 있는지 의문스러우며, 교사들 또한 책임교육에 관한 인식뿐만 아니라 실천의지 그리고 이를 실현하기 위한 방법에 대한 고민이 이루어지고 있는지 잘 모르겠습니다. 결국 학생들에게 배움이 즐거운 학교가 되어야 하는데, 많은 장애물들이 보이지 않는 손이 되어 우리의 손과 발을 붙잡고 있다는 느낌이어서 사실 최소 성취수준 보장 지도가 성공적으로 이루어질지 부정적인 생각이 계속드는 것이 사실입니다. 그렇지만 이를 극복하고자 하는 작은 의지들이 모여서 차차 좋은 방향으로 변화할 것이라고 믿고 싶습니다. 어떻게 학생들은 수포자와 영포자가 되어가는지에 대해서 초·중·고 선생님들의 정확한 인식이 선행되어야 할 것이며, 우리는 왜 수포자와 영포자를 포기하는지에 대한 건설적 반성이 있어야 할 것입니다.

고등학생으로서 최소한 이 정도는 알고 졸업해야 하지 않을까, 저 학생은 3년 내내 병결과를 했는데도 졸업을 하네, 최소한의 지식도 달성하지 못한 채 졸업시키고, 졸업장을 주는 것이 과연 옳은가, 저 학생은 3년 내내 수업시간에 잤는데, 모두가 포기하고 방치했던 학생인데, 졸업날도 무기력해 보이는 저 학생에게 과연 고등학교 졸업장이 무슨 의미가 있을까, 학교는 저런 학생들에게 진정성을 가지고 도움을 주기 위해 다가 갔던적이 있었던가, 공부를 못하는 것은 순수하게 학생 잘못이며, 전적으로 학생의 책임뿐인가, 등 많은 질문들이 꼬리에 꼬리를 물지만, 밤이 늦어 오늘 답장은 여기서 마무리 지어야 할 것 같습니다.

- from 김정은 -

- 아홉 번째 편지 -

소망을 실현하는 것은 가능하다

김정은 선생님께

　김선생님 편지를 읽고 제가 느낀 것은 학생들이 진짜 원하는 것은 단순히 최소 성취수준 보장 지도를 잘 하는 학교가 아니라, 배움이 즐거운 학교라는 생각이 듭니다. 교사들이 진짜 원하는 것은 학생들 교육이라는 본연의 임무에만 몰입할 수 있는 환경일 것입니다. 학생들은 배움이 즐겁지 않고, 교사들은 제대로 가르치고, 관리하고, 지도할 수 없는 환경이 너무 안타깝습니다. 그래서 최소 성취수준 보장 지도도 그저 지나가는 공람의 공문같은 느낌이 아니었으면 좋겠지만, 사실 아직은 저도 불안합니다.

　그렇지만 첫술부터 배부를 수 없고, 천릿길도 한 걸음부터니까 오늘은 선생님께 최소 성취수준 보장 지도를 위해 단계별로, 구체적으로 무엇을 해야하는지 여쭙고 싶습니다. 큰 변화가 필요한 상황이지만, 우리는 큰 노력을 할 수는 없고, 위대한 사랑으로 작은 노력을 할 수 있을 뿐이라고 생각합니다. 그 작은 노력들이 쌓이고 쌓이면서 점차 좋아질 것이라고 생각합니다. I believe one small step can change our life and there is nothing great, and we can only do small things with great love. Let's focus one thing at a time.

- from 박세빈 -

- 아홉 번째 답장 -

구체적인 절차와 방법에 관한 모색

박세빈 선생님께

  내년 2월에는 평가계획에 최소 성취수준 보장 지도에 관한 부분이 들어가야 합니다. 이때부터 최소 성취 수준 보장지도를 시행하기 위해 해야 할 일들을 저도 편지를 쓰면서 구체적으로 정리해 보겠습니다.

  선생님도 아시다시피 고교학점제에서 최소 학업 성취 수준 도달을 위한 책임 지도는 미이수 학생들을 발생시키고 선별하는 것이 목적이 아니라(not judgment) 최종 성적이 도출되기 이전에 다양한 맞춤형 수업과 과정에서의 피드백을 강조하는 수업을 통하여 모든 학생이 과목에서 요구하는 성취 수준에 도달하게 하는 것이 목적입니다(but support). 그런데 여기서 중요하게 짚고 넘어가야 할 부분은 책무성(accoutability)의 포커스가 우선적으로 교사에게 있다기 보다는 기본적으로 학생의 책무감이 중시되어야 한다는 것입니다. 학생은 자신의 학습에 대해 책임 있게 임하고 교사는 이러한 학생이 자기 주도적으로 학습하여 성장할 수 있도록 지원(suport)하는 역힐이지, 아무런 배움에 대한 의지가 전혀 없는 무기력증에 걸린 학생은 최소 성취수준 보장 지도의 대상이라기 보기 어렵습니다. 물론 그런 학생들도 학교에서 케어를 해야 하겠지만, 교사의 시간과 에너지는 한계가 있고, 다른 학생들 지도도 소홀히 힐 수 없는 상황에서, 라이언 일병 구하기처럼 한 학생을 구조(?)하기 위해 나머지 모든 학생들을 희생시킬 수는 없을 것입니다. 따라서 초등학교와 중학교를 거치면서 학업 결손 누적치가 감당할 수 없을 정도로 매우 높고, 학생의 동기가 극도로 낮고, 무기력의 정도가 매우 심하며, 배움에 대한 의지가 매우 낮은 수준이라면 이 학생은 엄밀히 말해서 최소 성취수준 보장 지도의 대상이 아니고, 기초학력 보장의 대상이고, 정신적·심리적 지원이라는 다른 영역의 도움이 필요하다고 생각하기에, 대상을 먼저 구분할 필요가 있다고 생각합니다.

학생들의 특성에 맞게 맞춤형으로 수업하고 다양한 평가를 통해 모든 학생을 성취로 이끄는 사전 예방적 책임 교육, 즉 최소 학업 성취수준 미도달 예방을 하기 위해 구체적으로 미도달 예상 학생 선발은 어떻게 하는지에 대해 말씀 드려보겠습니다. 우선 진단평가 도구(diagnostic assessment tool)를 무엇을 쓸 것인가에 관한 고민을 하고, 결정을 해야 합니다. 기존에 출제되어 있는 교육과정평가원 싸이트에서 중졸 검정고시를 통해 1차적으로 선발할 수 있을 것입니다. 그렇지만 실제 내신 등급이 낮은 학생들(4명) 대상으로 중졸 검정고시를 실시해본 결과 25개 문항 중에서 3명의 학생의 22개를 맞혔고, 오직 한 학생만 13개를 맞아서, 중졸 검정고시의 진단평가도구서의 신뢰도가 떨어진다고 느낌도 가졌습니다. 제가 알기로는 경기도 교육청은 진단평가를 위한 싸이트가 개설되어 있어서, 경기도 소속 교사들은 이용할 수 있는 것으로 알고 있습니다. 경남도 이와 같이 정밀하고, 효율적으로 진단평가를 할 수 있는 프로그램을 개발하는 것이 시급하다고 생각합니다. 그리고 정확하게 대상을 선별하기 위해 2차례에 걸쳐 선발할 필요가 있다고 생각합니다. 1차로 3월 초 선발하고, 2차로 1차 지필고사 이후에 선발합니다. 1차 선발 방법은 1학년 학생의 경우 중학교에서 배운 내용을 기반으로, 2학년 학생의 경우 1학년에서 배운 내용을 기반으로 진단 평가 문항을 제작합니다. 물론 진단 평가 문항을 현실적으로 제작한다는 것이 쉬운 일이 아닐 것입니다. 업무도 해야하고, 생활지도도 해야하기 때문입니다. 그래서 기존에 개발된 자료를 편집하여 평가 문항을 제작하면 될 것 같습니다. 그리고 3월 첫 수업 시간에 교과별로 진단 평가를 실시하고, 각 교과별로 기준 점수를 정하여 기준 점수 미만인 학생들을 해당 교과의 최소 학업 성취 수준 미도달 예상 학생으로 선발합니다. 다음

2차 선발은 각 교과별로 1차 지필고사를 실시한 후에 문항의 난이도와 학생들의 성적을 분석하여 최소 학업 성취률 미만인 학생들을 해당 교과의 최소 학업 성취 수준 미도달 예상 학생으로 선발을 할 수 있다고 생각합니다.

이때 중요한 것은 가정통신문을 통해 미도달 학생 예방지도에 관하여 안내를 해야 추후 컴플레인을 사전에 예방할 수 있다고 생각합니다. 우선 가정통신문과 학교 홈페이지를 통해 최소 학업 성취 수준 미도달 예방 프로그램에 대해 안내하고, 최소 학업 성취 수준 미도달 예상 학생들을 대상으로 하는 프로그램에 대하여 안내해야 합니다. 당연한 얘기지만 진단평가를 통해 미도달 예상 학생으로 선발되더라도 이 학생들에게 무조건 예방 프로그램을 들어야 한다고 강제할 수는 없습니다. 그래서 충분히 취지와 방법에 관해서 학부모와 학생에게 잘 안내할 필요가 있을 것입니다. 예방 프로그램 운영 기간은 학교마다 방식이 다를 수 있습니다. 첫 번째 방법은 1차 선발 학생은 3월부터 1차 지필고사 이전까지 2차 선발 학생은 1차 지필고사 이후부터 2차 지필고사 이전까지 나누어서 지도하는 방법입니다. 아니면 1차 선발 한번만 하고 1학기 내내 프로그램을 운영할 수도 있을 것입니다.

이제는 미도달 예방 프로그램 운영 방법에 관해 말씀 드리겠습니다. 지도 유형은 크게 네 가지가 있을 수 있습니다. 학습 콘텐츠형, 과제 수행형, 개별 지도형, 또래 멘토링 형이 있습니다.

하나씩 살펴보겠습니다. 첫 번째 학습 콘텐츠형입니다. 최소 학업 성취 수준에 맞는 학습 콘텐츠를 제작하여 유프리즘 아이톡톡과 같은 플랫폼에 주기적으로 탑재하고 해당 학생들이 수강할 수 있도록 지도하면서 학생들이 강의를 꾸준히 듣고 있는지 출석을 체크하고 학생들의 질문에 피드백 합니다. 그런데 현실적으로 영상을 제작하고, 학습지를 만들어서, 업로드하고, 출석체크를 하고, 피드백을 주는 모든 과정이 현재 업무에 추가된다면, 정상적으로 퇴근하는 것은 거의 불가능하며, 퇴근 후에 이것을 만들기 위해서 어마어마한 시간과 노력을 써야 합니다. 그래서 이러한 형태로 지도를 하게 된다면 이 부분에 관하여 일선 학교에 모든 책임을 맡기는 것은 확실히 무리이고, 교육지원청에서 콘텐츠 개발 및 운영에 관한 부분을 상당 부분 지원이 있어야 할 것으로 생각합니다.

다음으로 생각해 볼 수 있는 프로그램 운영 방법은 과제 수행형입니다. 학생들에게 최소 학업 성취 수준에 해당하는 문항을 과제로 제시하고, 기간 내에 과제를 해결하여 제출할 수 있게 한 다음 학생들의 과제 제출을 확인하고, 해결하지 못한 문항에 대해서 피드백을 하는 형태입니다.

세 번째는 개별 지도형입니다. 학습 상담을 통해 최소 학업 성취 수준 미도달 예상 학생의 수준을 파악하고, 학습 상황을 진단하여서 학생들이 최소 학업 성취 수준에 도달할 수 있도록 수업 시간이나 방과후 시간을 활용하여 개별 지도합니다. 이 때 학생의 동의를 구하는 것에 유의해야 합니다. 만약 학생이 방과후에 남아서 프로그램 듣는 것을 원하시 않는다면 권유할 수는 있지만, 강제할 수 없습니다.

네 번째로 또래 멘토링형이 있습니다. 최소 학업 성취 수준 미도달 예상 학생을 멘티로 하고, 각 학급에서 자기 주도적 학습 능력을 갖춘 학생들 중 지원자를 멘토로 구성하게 되는데요. 주 2회 이상 멘토가 멘티 학생의 기초 개념 학습을 돕고 활동지를 기록하게 합니다.

이것을 학교 전체적으로 실행하기 위해서는 우선 학교의 교사들이 최소 학업 성취 수준 미도달 예상 학생 지도에 대한 필요성과 그 방법을 이해하고 실천하려는 의지를 갖는 학교 문화를 갖추고 인식 개선을 하는 것입니다. 그리고 위에 언급된 네 가지 유형 중에서 학교와 교과에서 협의하여 가능한 활동들을 선택하여 혼용 운영할 수 있습니다. 온·오프라인 섞어서 블렌디드 러닝을 할 수도 있을 것이고, 방과후 프로그램을 적극적으로 활용할 수도 있을 것입니다. 결국 가장 중요한 것은 학생들의 수준에 맞고, 가장 효율적인 방식을 선택하는 것이겠죠. 오늘 편지는 여기까지만 하고, 다음 편지에서는

2차 지필평가 이후 최종적으로 미달 학생이 발생하였을 경우에 보충 지도를 어떻게하면 좋을지 이야기 나누도록 합시다.

- from 김정은 -

- 열 번째 편지 -

최소 성취 수준 미도달 학생 보충 프로그램

김정은 선생님께

선생님 편지를 읽으니까, 구체적으로 어떻게 프로그램을 운영해야 하는지 윤곽이 잡히기 시작했습니다. 미도달 학생이 나오지 않도록 아무리 열심히 예방 지도를 하더라도 구조적으로 미도달 학생이 나올 수 밖에 없을 것 같습니다. 이제 지난번 편지에 이어서 미도달 학생이 선발되는 부분부터 보충지도를 어떻게 해야 하는지에 관해 말씀해 주시면 좋겠습니다. 선생님과 편지를 주고 받을 때 마다 조금씩 더 무엇을 준비해야 하는지 선명해지고 있어서 감사의 말씀 다시 드립니다.

- from 박세빈 -

– 열 번째 답장 –

미도달 학생이 나왔을 경우에

박세빈 선생님께

　미이수제가 실제 도입 및 실시되는 해는 2025년부터라서, 내년부터는 최소 성취 수준에 미도달 학생에게 '너는 미이수 했어'라고 말할 수 없습니다. 2023년과 2024년은 일종의 실제 고교학점제가 전면 적용되는 2025년을 앞두고 최소 성취 수준 보장 지도 워밍업하는 단계(연습 기간 단계)로 볼 수 있습니다. 내년부터 평가계획에 과목별 최소 성취수준, 최소 성취수준 보장 지도 대상 과목 및 대상 학생, 운영 시기 및 시간, 운영 방법 및 내용 등에 관한 부분이 들어가야 하며, 미도달 학생 발생시 보충지도를 하여야 합니다.

　미도달 학생은 2차 지필평가가 끝나고, 수행평가와 지필 평가 점수가 합산된 학기말 성적이 나오면, 그 성적을 바탕으로 해서 과목 출석률 3분의 2이상이 안 되는 학생 또는 학업 성취율 40% 미만이 되는 학생을 미도달 학생으로 선발을 합니다. 즉, 둘 중 하나라도 만족을 못 한 학생은 ㅣ 성취도를 받게 됩니다.

이러한 미도달 학생들을 위한 보충 프로그램을 운영을 해야 하는데, 2차 지필 이후 방학 전까지 운영을 할 수도 있을 것이고, 방학 중 방과후 프로그램을 이용하여 보충 프로그램을 운영할 수도 있을 것입니다. 그런데 학기말 산출 이후부터 방학 시작 전까지 보충 프로그램을 운영하게 되면, 미도달 학생들은 정규 시간내에 수업을 들을 수 있어서(따로 남지 않아도 되어서) 학생들의 만족도가 높을 수 있지만, 현실적으로 학기말 성적 산출 이후부터 방학 전까지의 기간이 짧은 경우가 많아서, 제대로 된 보충 지도가 되기 어려운 단점이 있습니다. 또한 학기말 기간은 교사들에게 아주 바쁜 시기이므로, 보충지도가 부담으로 작용하여 형식적인 지도가 될 우려가 있습니다.

정규 수업 시간에 하지 않고 방과후에 남아서 지도할 수도 있을 것입니다. 그런데 여기서 문제점은 미도달 학생들이 방과후에 남는 것을 좋아하지 않을 것입니다. 보충 지도도 강제할 수 있는 사항이 아니기 때문에, 미도달 학생이 방과후 프로그램에 참여하지 않겠다고 하면 미이수를 이수처리할 수가 없어, 결국 학점 취득을 못하게 됩니다. 그리고 방과후 지도 시 교사의 부담과 피로도가 증가할 수 있습니다. 하지만 학점 이수를 위하여 분명히 방과후에 남는 소수의 학생들이 있을 겁니다 이때는 소수 인원으로 맞춤식으로 지도가 이루어지기 때문에 학생 만족도는 높을 것이며, 분명히 학업 성취율도 오를 것으로 기대합니다만, 역시나 교사에게 부담으로 작용하는 것은 변함이 없어서, 교육지원청에서 온라인 동영상 프로그램 및 관리 프로그램을 만들어서 보충 지도 프로그램을 운영해 주는 것이 좋다고 생각합니다.

그런데 온라인 동영상 프로그램을 들을 때 단순히 재생만 하여서 완료만 하면 이수처리를 해 줄 것인가, 아니면 또 평가를 치루어서 학업 성취율 40%이상을 달성해야 이수처리를 해 줄것이냐라는 문제가 남습니다. 만약에 미도달 학생 보충 지도프로그램이 끝날 무렵에 평가를 치루게 되었는데, 다시 미도달하게 되면, 이때는 완전히 학점 미이수 처리를 해야 하는데, 이 학생들이 나중에 졸업을 못하게 되는 경우 이 문제를 어떻게 처리할 것인가라는 문제가 또 남게 됩니다.

단순히 재생만 완료하면 이수처리를 해 주겠다고 하면, 제대로 된 최소 학업 성취를 달성했는지 확인할 수 있는 방법이 없기 때문에, 최소 학업 성취 수준 관리가 안 되는 것이 되고, 이렇게 되면 최소 성취수준 보장 지도의 의미가 많이 퇴색되게 됩니다. 그리고 단순히 동영상만 시청했는데, I 성취도 학생이 E 성취도로 바뀌게 되면, 처음부터 E 성취도를 받은 학생들 입장에서 형평성 문제를 제기할 우려가 있어서, 따로 성적표에 I등급에 E등급으로 이수처리되었다는 표시를 해 줄 필요가 있을 것 같습니다. 그런데 또 우려되는 것은 혹여 I에서 E등급으로 전환되었다고 표시를 할 경우에, 혹여 이 학생들의 인생에 주홍글씨 낙인을 찍게되는 것은 아닌지 우려가 되기도 합니다.

그리고 교육 지원청 차원에서 동영상 제작 사업을 실시를 해야 하는 것은 맞는 것 같습니다. 왜냐하면 일선 학교의 교사들에게 동영상 제작 업무까지 추가된다면, 정상적인 업무를 추진할 수 있는 시간이 없을 것입니다. 아니면 절충안으로 미도달 학생 보충 지도를 온라인 동영상 방식으로 운영하되, 평가가 아니라 보고서를 제출하는 방식으로 운영할 수 있을 것입니다.

이렇게 논란이 있을 수 있는 부분에 관하여 교육부는 정확한 지침을 현장의 의견을 반영하여 내려 줄 필요가 있다고 봅니다. 고교학점제 미이수제 실시까지는 아직 2년이 남았기 때문에, 이 부분들에 관하여 정확한 기준이 있어야 할 것입니다. 오늘 편지는 여기까지만 쓰도록 하겠습니다. 우리의 이러한 고민들이 대한민국에 고교학점제가 성공적으로 안착하는데 조금이나마 도움이 되었으면 좋겠습니다.

- from 김정은 -

- 열한 번째 편지 -

유급제 시행이 조심스러운 이유

배철민 선생님께

 배선생님~ 오랜만에 편지 합니다. 우리 전학공에서 최소 성취수준 보장 지도에 관하여 편지를 주고 받으면서 이해가 점점 깊어지는 것 같아 기분이 좋습니다. 두려움의 기저에는 무지가 있으니까요. 그런데 편지를 주고 받고, 공부를 하면서 다시 한번 드는 질문이 있습니다. 우리나라 고교학점제는 왜 '유급제'를 도입하지 않는 것일까요? 교육부에서 '유급제' 도입에 관해 매우 조심스러웠던 이유는 무엇이었을지 궁금합니다. 선생님의 생각은 어떠한가요?

- from 박종욱 -

- 열한 번째 답장 -

유급제가 공포스러운 이유

박종욱 선생님께

　박선생님 오랜만입니다. 일부 사람들은 유급제를 시행하면 최소 성취수준 보장 지도가 강력한 구속력을 가지게 될 것이라고 믿고 있습니다. 그리고 학생들은 미이수를 극도로 두려워하게 될 것이라고 그들은 생각하고 있습니다. 학생들은 학교 교육을 통해 기본적인 지식과 기술을 습득하는 것이 매우 중요합니다. 따라서 유급제가 있으면 학생들의 학업 성취동기를 강력하게 높여 줄 것이라고 생각합니다. 즉, 유급제는 일종의 '벌'로써 학생들이 '미이수'가 되지 않기 위해 절대적으로 노력할 것이라고 믿는 것이죠.

　그런데 왜 '유급제'를 시행하지 않는 고교학점제를 우리나라는 택했을까요? 바로 유급제의 부작용 때문일 것입니다. 제가 생각하는 유급제의 부작용 첫 번째는 '지필평가와 수행평가로 과연 그 학생의 능력을 제대로 평가할 수 있겠는가'라는 의문입니다. 하워드 가드너의 '다중 지능' 이론을 굳이 언급하지 않더라도, 과연 학교가 4차 산업혁명에 필요한 인재를 길

러내는데 적합한 평가도구를 가지고 있느냐에 관해서 많은 사람들은 의구심을 가지고 있습니다. 오지 선다형, 서술형 문항으로 학생들을 미이수하고, 유급시켜서, 결국 졸업을 못하게 만드는 것이 교육적으로 옳은지에 관하여 부정적일 수 있습니다. 두 번째 이유는 특정 계층의 배제 효과가 발생할 수 있다고 생각합니다. 보통 사회 경제적 지위가 학업 성적에 미치는 영향을 간과할 수 없는 상황에서, 유급제가 자칫하면 사회 경제적으로 낮은 위치에 있는 사람들의 자녀에게만 적용될 가능성이 있다고 생각합니다. 이것은 더 큰 사회적 문제를 낳고, 사회 계층간 이동을 막는 유리 천장 효과도 발생시킬 수 있다고 생각합니다. 그리고 셋째로 실제 유급제가 정말로 학업 성취 향상을 위한 강력한 동기로 모든 학생들에게 똑같이 작용할 것인가에 관한 회의적입니다. 수포자, 영포자와 같은 미도달 학생이 되는 것은 단순히 유급제와 같은 강력한 '채찍(?)'이 없어서 그런걸까요? 예를 들어서 어떤 학생이 수포자가 되는 과정에 대한 깊이 있는 연구와 이해가 필요합니다. 부모의 강요로 시작된 양만 많이 풀고, 진도만 빨리 나가면 된다는 식의 문제 풀이 강요의 경험. 학원에서 선행학습하여서 학교에서 수학 실력을 뽐냈지만, 중학교에 올라와서는 따라갈 수 없는 수준에 좌절한 경험. 변별력이 지나치게 높은 수학 시험 때문에 좌절했었던 경험. 용어 자체가 이해하기 힘들고, 수학 공식을 외우도록 강요당했던 경험. 교사도 수포자를 포기하는 수업 분위기. 자신에게 열등감을 심어주는 수학 시험의 경험. 수업 시간 같은 공간에 있지만 혼자만 외딴 곳에 있는듯한 소외자의 경험 등 수많은 요소들이 복합적으로 작용했을 것입니다. 그런데 고등학교에 올라왔는데, 단순히 '유급제'를 시행한다고 해서 갑자기 공부가 너무 재밌고, 열심히 할까요? 그리고 하물며 '유급제' 때문에 수학 공부를 좋아하게 될까요? '유급제'는 모든 탓을 학생에게 돌릴 수 있는 좋은 구실이 아닐까요?

우리의 수업은 불평등을 재생산하고 있지는 않나요? 재도전할 기회를 주는 교육과정을 운영하고 있나요? 교사들은 초·중·고등학교를 지나오는 동안 수학 실력이 부족한 학생들을 섬세하게 챙기고 돌봐주었을까요? 사실 방치되다시피 한 것은 아닐까요? 진도를 나가는 것이 교사의 본분을 다 한다고 생각하는 교사에게서 수학을 배웠던 학생들은, 마치 두발자전거도 못타는데, 한 발 자전거 시험을 본다는 느낌을 가지지는 않았을까요?

상대평가라는 사활을 건 전장에서, 능력주의를 정당하는 교육 분위기 속에서 소외된 학생들에 대한 정서적·심리적·교육적 지원을 할 생각은 안 하고, 오직 지원적 관점이 아닌 징벌적 관점에서 '유급제'로 이 모든 것을 단 칼에 해결하려는 시도가 왜 위험한지 곰곰하게 곱씹어서 생각해볼 필요가 있다고 생각합니다. 그리고 마지막으로 '유급제'로 진급을 하지 못한 학생들을 과연 현장의 학교들은 감당할 수 있을까요? 전체 교육의 질이 위협받지는 않을까요?

회의적 담론은 쉽지만, 건설적 해답을 찾는 과정은 어렵다는 것을 잘 알고 있습니다만, 해답에 대한 고민은 저도 아직 자신이 없어서 오늘 편지는 여기까지만 쓰고 마무리하도록 하겠습니다. 철성고 전학공 파이팅입니다.

- from 배철민 -

- 열두 번째 편지 -

최소 성취수준 보장지도의 의미에 관한 고찰

우리 학교 선생님께

영어 전학공 '함빛영어'에서는 올해 3월부터 9개월 동안 최소 성취 수준 보장지도에 관하여 공부를 하였습니다. 공부했었던 내용을 편지 형식으로 정리를 하고 있습니다. 이제 마지막으로 존경하는 우리 학교 선생님들 모두에게 내년부터 시행되는 최소 성취수준 보장지도를 위해 무엇을 해야 하고, 어떠한 인식의 전환이 필요한가에 관하여 편지를 드리면서 올해 전학공 활동을 마무리 짓고 싶습니다.

우선 '최소 성취 수준 보장지도'의 용어가 기존의 어떤 책에서는 '최소 학업 성취수준 보장지도'라고 부르기도 하는데, 올해 3월부터 공식적으로 용어가 '최소 성취 수준 보장지도'로 바뀌었다는 말씀부터 드립니다. 이 용어가 문자 그대로 받아들이게 되면 상당히 부담스러운 '보장'이라는 단어가 들어있습니다. 사전적 의미의 '보장'은 '어떤 일이 어려움 없이 이루어지도록 조건을 마련하여 보증하거나 보호함'(네이버 국어사전)인데, 사실 보증이라는 말은 채무자와 채권자 사이에서 사용하는 법률 용어로 많이 쓰이기 때문에, 사전적 의미의 '보장', 영어로는 'guarantee' 하라는 것은 일단 용어 자체가 교사들에게 심리적으로 상당히 부담을 준다고 생각합니다. 교육부에서 굳이 '보장'이라는 강한 어조의 단어를 사용한 것은 정책의 광고나 선전의 효과를 강하게 하기 위한 일종의 '캐치프레이즈(catchphrase)' 차원으로 이해하고, 우리 교사들은 '최소 성취수준 보장 지도(teaching to ensure minimum performance level) 사전적 의미(문자 그대로의 의미)로 받아들이기 보다 책임교육(accountability in education / educational accountability)의 일환으로 이해하는 것이 더 좋다고 생각합니다.

여기서 최소 성취수준 보장 지도의 '책임'이 전적으로 '교사'들에게만 있다는 의미는 아닙니다. 기본적으로 고교학점제(the high school credit system)에서 학생은 스스로 자신이 선택한 과목을 충실히 이수하겠다는 책임감을 가지는 것이 우선적입니다. 다시 한번 말씀드리지만, 학생들은 자신이 선택한 과목의 최소한의 성취수준 이상을 달성하겠다는 책임감을 가져야 한다는 것을 꼭 학생들에게 주지시킬 필요가 있습니다. 최소한의 학업에 대한 의지도 없는 학생들을 구출하기 위해 교사의 에너지의 상당 부분을 할애하는 것은 '최소 성취수준 보장지도'의 영역이 아니고, '기초 학력 보장 지도'의 영역입니다. '라이언 일병' 한 명을 구하기 위하여 전장의 모든 위험을 감수하고 뛰어들라는 의미가 아니라, 어떤 학생이 정말로 어떤 벽을 넘고 싶어할 때, 그 최소한의 '벽'은 넘을 수 있도록 교사가 지원(support)해야 한다는 의미로 이해하는 것이 현실적으로 더 맞다고 생각합니다.

최소 성취 수준 보장지도(teaching to ensure minimum performance level)의 운영은 크게는 4단계로 나누어서 이해할 수 있습니다. 1단계는 학기 시작 전 평가계획에 최소 성취 수준 보장지도 운영 계획을 수립합니다. 2단계는 학기 초에 진단 평가 도구를 이용하여 미도달 학생을 파악하고 선발합니다. 3단계는 가장 중요하고 실제 학기 중에 이루어지는 미도달 예방 지도입니다. 방과후 지도, 보충 과제 부여, 학습 멘토링 등의 방법을 강구할 수 있을 것입니다. 마지막 4단계는 학기말 평가 결과를 토대로 과목 이수 기준을 통과하지 못하여 'I' 성취도를 받은 학생들을 보충 지도를 방학 중에 하는 것입니다.

물론 각 단계에서 세부적으로 해야 할 내용들에 관해서도 나중에 말씀을 드리겠지만, 이까지만 말씀을 들으셔도 일선 현장의 교사들에게는 '최소 성취수준 보장 지도'가 확실한 업무 부담으로 느껴지실 것입니다. 지금도 각종 업무와 생활 지도, 교과 지도 등으로 여백이 거의 없는 상황에서, 남은 조금의 여백까지도 채색을 해서 빈 공간을 찾아볼 수 없을 것 같다는 생각이 드는 것도 사실입니다. 약간의 여백 마저 허락되지 않는다면, 교육에서 창의성(creativity)과 새로운 과업에 대한 도전(challenge)과 의지(willingness)를 기대하는 것은 무리라고 생각합니다.

그래서 아예 처음부터 미도달 학생이 발생하지 않도록 '평가 계획의 비율'과 '단위 학교 분할 점수'를 조정하면 되지 않을까(?)라고 생각하시는 선생님들도 계시는 것으로 알고 있습니다. 즉, 수행평가의 비율을 늘리고, 수행평가의 난도를 낮추어 변별도를 크게 떨어 뜨리고, 지필평가의 비중의 낮추고, E 수준의 문제를 많이 출제하고, 단위 학교 분할 점수의 최하위 기준점을 낮게 설정하는 방법입니다. 최소 성취수준 보장지도의 취지와 의도는 이것이 아니지만, 이와 같은 꼼수(?!)를 떠올릴 수도 있다고 생각합니다.

하지만 여기서 매우 유념해서 이해해야 할 법이 작년 9월에 제정되었고, 올해 3월부터 시행되기 시작한 '기초 학력 보장법(laws to ensure basic achievement level)'입니다. 우리 모두가 잘 알고 있듯이, '법'이라는 것은 지키지 않으면 안 되는 것이어서, 기초 학력 보장 지도의 일환으로 이해될 수 있는 최소 성취 수준 보장지도를 이행하지 않는 것은 법을 위배하게 되는 것입니다. 따라서 평가계획 비율을 과도하게 조정하거나, 수행평가 난도를 지나치게 낮추거나, 단위 학교 분할 점수를 사용하여 과도하게 E와 I의 기준 지점을 낮추었을 경우에 교육부 또는 교육청에서 모니터링이 있을 것으로 예상이 됩니다. 또한 학교 알리미 사이트에서 3년간의 평가계획이 공개되기 때문에, 의도적 최소 성취 수준 보장지도 회피 의혹이 있을 경우 교육부와 교육청의 컨설팅 대상이 될 수 있을 것으로 예상이 됩니다.

물론 2023-2024학년도는 미이수제가 적용되지 않기 때문에, 최소 성취수준 보장지도를 열심히 하지 않는다고 해서, 실제 미도달 학생이 발생하지는 않습니다. (2023-2024학년도는 여전히 고정분할점수를 사용할 경우 60% 미만을 E 성취도로 부여하며, 2025년부터는 40% 미만이 I(incomplete) 성취도를, 40% 이상 60% 미만이 E 성취도를 받게 됩니다) 그런데 고교학점제가 전면 적용되는 2025년이 되기 전 2년간(2023-2024)이 매우 중요하다고 생각합니다. 제도의 단계적 적용기간인 향후 2년이 최소 성취수준 보장지도를 할 수 있는 역량을 연마하고 기를 수 있는 기간이기 때문입니다. 이 2년 동안 경남은 국어, 수학, 영어 과목에 한해서 최소 성취수준 보장지도를 하는데, 제가 알기로는 경기도는 국수영 뿐만 아니라 사회, 과학 과목까지도 최소 성취수준 보장지도를 하는 것으로 알고 있습니다. 저는 경기도의 이런 선택이 잘한

결정이라고 생각하는 것이, 만약 2년간의 최소 성취수준 보장 지도의 적용과 시행착오 없이, 바로 2025년이 되면 미도달 학생이 매우 많이 나올 수 있기 때문입니다. 미도달 학생, 즉 보충 지도 대상 학생이 많이 확정이 되면 일단 기본적으로 학생과 학부모의 민원이 많아 질 것입니다. 그리고 지역 사회의 평판도 않 좋아질 것이며, 방학기간 교사의 미도달 보충 지도를 위한 시간과 에너지 투입이 증가하게 될 것입니다. 따라서 단계적 적용 기간을 단순히 워밍업(warming-up) 차원으로 볼 것이 아니라, 최소 성취수준 보장지도 역량과 전문성을 기를 수 있는 준비 시기로서 미이수제가 실제 적용되는 것처럼 교과와 학교 구성원 모두가 협심하여 역량을 함양하는 기간으로 삼아야 할 것입니다.

고교학점제의 과목 이수 기준은 과목 출석률 3분의 2이상, 학업 성취율 40%이상 도달입니다. 고교학점제는 과목 이수가 중요하기 때문에, 과목 자체의 출석률이 중요해집니다. 예전에 모 학생이 매일 같이 1교시부터 6교시까지 일부러 병지각을 하고, 7교시 시작하기 직전에 와서 진료확인서만 담임교사에게 제출하였음에도, 졸업을 하는 것을 보고 참으로 제도가 잘못됐다고 생각했었는데, 이제는 과목 출석률이 3분의 2가 되지 않으면 이수가 안 되는 것으로 바꾼 것은 좋은 제도 개선이라고 생각합니다. 그런데 우리 학교에서는 과목 출석의 정확한 기준을 성적 관리 규정에 명시할 필요가 있을 것입니다. 수업이 시작하고 10분이나 20분 늦은 학생을 출석으로 인정할 것인가라는 것을 구체적으로 설정해야 할 것입니다.

하지만 실제 과목 출석률이 낮아서 이수 기준을 통과하지 못하는 학생은 거의 없을 것으로 봅니다. 따라서 최소 성취수준 보장지도의 초점은 학업 성취율에 맞추어질 것입니다. 이제는 평가 문항을 출제할 때 성취율 40%~60% 사이의 학생들이 풀 수 있는 문항들을 비중과 난이도를 고려하여 반드시 출제해야 할 것입니다. 이를 위해 각 교과별로 성취기준과 최소 성취수준 진술문을 고려하여 최소성취수준 보장을 위한 평가 문항을 섬세하게 제작하는 연습이 필요할 것입니다.

이제는 최소 성취수준 보장지도 실제 운영을 위해 내년 2월부터 무엇을 해야 하는지 더 세부적으로 시뮬레이션 해 보도록 하겠습니다. 먼저 2월에는 교과협의회에서 최소 성취수준 보장 지도 운영 계획을 세워야 합니다. 여기에 포함되는 것은 다음과 같습니다.

- 수업 및 평가(피드백) 계획
- 교과협의회를 통한 최소성취수준 도달 기준 설정
- 최소성취수준 진술문 분석
- 최소 성취수준 미도달 예상 학생 파악 방법(진단평가, 형성

평가 등)

- 최소 성취수준 보장 지도를 위한 교수·학습 및 평가 자료 개발
- 미도달 예방의 구체적 지도 방법 (학업 상담, 학습 코칭, 맞춤형 수업지도, 과제, 학생 멘토링 운영, 방과후 수업, 온·오프라인 보충 수업 등)
- 미도달 예방을 위한 수업 설계
- 미도달 학생 보충 지도 프로그램 운영 방법

그런데 보통 미도달 예상 학생의 경우에는 특정 과목에만 국한되는 것이 아니고, 국어를 잘 못하는 학생이, 영어와 수학도 못할 가능성이 높아서, 예방지도와 보충지도의 대상이 겹칠 가능성이 높습니다. 따라서 학기 시작 전에 이러한 학생들을 어떻게 교과별로 대상과 시기를 나누어서 지도할 것인지에 관한 논의가 미리 있지 않으면, 학기 중이나 학기 말에 교과 간에 갈등이 발생할 수 있을 것입니다. 그래서 학기 시작 전에 협의하고 합의하여서 그 내용을 결재를 내어 놓는 것이 추후 발생할 수 있는 갈등을 예방할 수 있는 방법일 것입니다.

교과협의회에서 협의가 이루어지고 내용이 평가계획으로 정리가 되고 나면, 학업성적관리위원회로 교과협의회의 제언 내

용이 넘어가서 논의가 이루어져서 최소 성취수준 보장지도와 관련한 학업성적관리규정이 정비가 되어야할 것입니다. 그런데 최소 성취수준 보장지도의 업무는 어느 부서의 업무인가에 관해서도 갈등이 발생할 소지가 있습니다. 성적관리규정에 들어가기 때문에 평가 업무를 담당하는 교무부 업무라고할 수도 있겠지만, 미도달 예방 지도와 보충 지도는 연구부 업무와 관련이 있다고도 볼 수 있습니다. 또는 고교학점제와 관련이 있기 때문에 교육과정부 업무라고도 볼 수 있을 것입니다. 그리고 기초 학력 보장 교육의 일환으로 볼 수 있기 때문에 다시 연구부 업무라고도 생각할 수 있습니다. 그래서 최소 성취수준 보장지도의 업무가 어느 부서의 일이냐에 관해서도 논란이 있을 수 있는데, 이때 간과해서는 안되는 것이 사실 최소 성취수준 미도달 학생의 경우에는 기초 학습 보장 지도의 대상이 되기도 합니다. 따라서 학교에서 기초 학력 업무를 맡는 사람과 최소 성취수준 보장지도 업무를 업무 분장시 따로 이원화해서는 안될 것입니다.

그리고 3월에는 최소 성취수준 보장지도에 관하여 학생과 학부모에게 잘 안내하는 것이 중요합니다. 기초 보장법에 의거하고, 고교학점제의 성공을 위해서 최소 성취수준 보장지도는 선택이 아니라 의무라는 것을 지도 방법과 함께 자세하고, 친절하게 안내하여야 추후에 민원이 발생하지 않을 것입니다.

안내가 충분히 잘 되지 않았을 경우에 예상되는 민원은 아래
와 같습니다.

- 우리 아이가 왜 미도달 학생에 선발 되었습니까? 미도달
  학생의 선발 기준은 무엇입니까? (선발 기준의 신뢰도에
  관한)
- 방과후 실시하는 미도달 예방 프로그램에 꼭 참여해야 하
  나요? 안 했을 경우에 불이익이 있나요? (미도달 예방 프
  로그램은 강제할 수 없음)
- 최소 성취수준 보장지도 방식이 학생 맞춤식이 아닌 것 같
  습니다. 학생의 흥미와 수준을 고려한 지도가 잘 안되는 것
  같습니다.
- 평가 문항 수준이 도저히 저희 아이가 풀 수 있는 수준의
  문제가 출제되지 않았습니다. 최소 성취수준 진술물에 근거
  한 문항 출제라고 보기 어렵습니다.
- 미도달 예방 학생들이 방과후에 따로 지도를 받으면서, 교
  과 내용에 관한 단계별 지도가 수업을 듣지 않는 일반 학
  생들의 등급에 영향을 끼치는 것은 형평성에 어긋납니다.
- 수행평가의 변별도가 너무 낮아서 거의 모든 학생이 만점
  을 받는다면, 이런 평가는 왜 하는 것입니까?
- 수행평가의 변별도가 너무 낮아서 지필평가의 등급 결정도

가 지나치게 높고, 문항의 수준이 미도달 예상 학생을 고려하지 않은 것 같습니다.

- 꼭 방과후에 남아서 미도달 보충지도를 받아야 하나요? 일과 후에 참여를 강요할 수 있나요?

- 처음부터 E 성취도를 받은 학생과 처음에 I 성취도를 받았다가, 나중에 미도달 보충 지도 이수한 다음 E로 전환된 학생간의 차이점이 없다면, 형평성에 맞지 않은 것 같습니다.

- 미도달 예방지도 프로그램이 재미도 없고, 의미도 없고, 수준도 맞지 않습니다. 학생에게서 실제 배움이 어떻게 일어나는지에 관한 이해가 부족한 것 같습니다.

- 최소 성취수준 보장 지도를 하는데 있어서 교사간의 역량 차이가 커서, 상대적으로 역량이 부족한 교사에게서 지도를 받는 학생은 불리한 것 같습니다.

- 방학 때 단순히 출석만 하거나, 온라인 영상을 단순히 재생만 하거나, 단순히 과제만 한두번 제출해서 미이수를 이수로 바꾸어 주는 수준이라면, 미이수 학생이 단 한명도 발생하지 않을텐데, 꼭 미도달 예방 프로그램을 학기 중에 참여해야 되나요?

- 미도달 예상 학생으로 선발된 것을 다른 친구들이 공개적으로 알 수 있도록 지도하셔서 우리 아이의 자존감이 상하

고, 수치심이 생겼습니다.

- 수업 수준과 방식이 하위권 학생들을 고려하지 않아서 수업에 따라갈 수가 없습니다.

- 이웃 학교는 미도달 예상 학생이 적게 나오는데, 우리 학교는 진단 평가의 기준이 너무 까다로운 것 아닌가요?

- 이웃 학교는 최소 성취수준 미도달 학생이 적게 나오는데, 우리 학교는 시험이 너무 어려운 것 아닌가요?

- 수업 내용과 방식이 너무 쉬워서 몰입하기 어렵고, 재미도 없습니다.

- 수업 내용 중 우리 아이의 흥미를 불러 일으킬만한 내용이 없습니다. 교육과정 재구성을 통해 학생의 흥미를 높일 수 있는 교육과정을 구성할 수는 없나요?

- 단순히 정량적 접근으로 성취도 40% 이상 달성에만 집중하지 말아 주시고, 질적으로 우리 아이가 흥미를 가지고, 의욕을 가지고, 도전 의식을 가지고 생활할 수 있도록 도와 줄 수는 없나요?

최소 성취수준 보장지도와 관련하여 발생할 수 있는 컴플레인을 위와 같이 예상해 보았습니다. 위의 컴플레인은 미도달 예방 지도 중에 생길 수도 있고, 미도달 학생 보충 지도 기간에 나올 수도 있습니다. 그래서 우선적으로 3월 학기 초에 최소 성취수준 보장지도에 관하여 자세하고 친절하게 학생과 학부모에게 가정통신문, 홈페이지, SNS 채널 등을 통하여 충분히 안내할 필요가 있습니다. 그래야 추후 발생할 수 있는 민원의 양을 줄일 수 있다고 생각합니다. 국영수 교과 선생님께서는 3월 첫 수업에 들어가서 충분히 최소 성취수준 보장지도에 관하여 자세히 안내할 필요가 있습니다.

이제는 미도달 예상 학생 선발을 위한 진단 평가에 관하여 말씀을 드리겠습니다. 재학생의 경우에는 전학년도 학업 성취도를 참고하고, 전학년도에 교과를 지도하셨던 선생님과 담임 교사로부터 학생에 관한 정보를 얻을 수 있기 때문에 선발하는데 많은 어려움이 있을 것 같지는 않습니다. 재학생은 작년 학업 성취도와 직접 교과에서 제작한 진단평가 문항을 통해 미도달 예상 학생을 선발할 수 있다고 생각합니다.

신입생의 경우에는 입학하기 전에 반편성 고사를 치르면서 미도달 학생을 예상할 수 있을 것입니다. 신입생 반편성 고사가 특히 중요하다고 생각하는 이유는 반편성시 특정 반에 미도달 예상 학생이 많이 모여 있으면, 이 학생들을 지도하는 담임교사가 매우 부담스러울 수 있고, 나아가서는 미도달 예상 학생이 한명도 없는 담임 교사와 비교하여 상대적 박탈감도 느낄 수 있기 때문입니다. 또한 같은 학년의 수업을 반별로 나누어서 지도하는 경우 특정 반의 수업을 맡은 교사의 부담이 매우 커질 수 있기 때문에, 반편성고사를 통해서 반을 균등하게 잘 나누는 것이 중요할 것입니다.

그런데 학생의 수준에 관하여 정밀하게 진단할 수 있는 평가 사이트가 있으면 좋겠다는 생각이 듭니다. 사실 최소 성취 수준 보장 지도는 고등학교에서만 실시할 것이 아니라, 초·중·고에서 연계적으로 이루어져야 합니다. 그래서 초·중·고 교사들이 모두 이용할 수 있는 진단 평가 사이트가 있으면 진단의 정밀도는 높이고, 교사의 부담은 줄이고, 다른 학교와의 형평성 문제 제기 또한 없을 것입니다. 물론 기존에 개발되어 있는 중졸 검정고시를 신입생 진단평가 도구로 활용할 수도 있을 것입니다만, 검정고시에서 높은 점수를 받는다고 해서, 과연 고등학교에서 최소 성취수준 이상을 달성할 수 있을것이라고 예측하는 것이 합당한지에 관해서는 개인적인 경험을 통해 의문이 드는 것도 사실입니다.

특정 반에 미도달 예상이 몰릴 수 있기 때문에 반편성과 담임의 중요성을 말씀 드렸는데, 사실 영어를 못하는 학생중에는 국어도 못하는 경우가 대부분이고, 수학도 못하는 경우가 많아서, 미도달 예상 학생들은 과목별로 중복될 가능성이 높습니다. 이 때 중요한 역할을 해야 할 사람이 바로 학년 부장이 될 것입니다. 이 학생들을 과목별로 방과후에 어떻게 나누어서 지도할지를 학년부장은 교과부장, 연구부장과 함께 논의를 해야할 것입니다. 학년별·학생별·과목별·프로그램별·시간대별 조화롭게 운영되는 관리 시스템을 갖추어야할 것입니다.

그런데 최소 성취수준 보장지도의 책임 주체가 특정 교과 선생님, 혹은 담임 선생님, 혹은 특정부서의 업무 담당자에게 국한되어서는 안 될 것입니다. 오히려 이런 발상 자체가 매우 위험하다고 생각합니다. 사실 어떤 학생의 학업 성취가 떨어지는 것은 공동의 책임이기 때문입니다. 학생의 정서·심리적 지원, 동기 부여, 상담 등 최소 성취수준 보장지도를 위해서 교직원과 학부모 모두가 함께 협업해야 진정으로 책임교육이라고 할 수 있을 것입니다. 따라서 최소 성취수준 보장지도는 누구라도 할 수 있고, 모두가 함께해야 하는 일이라는 인식의 전환이 필요합니다. 그리고 기초 학력 보장 교육 및 최소 성취수준 보장지도 업무가 기피 업무일 수는 있지만, 그렇다고 인센티브를 부여하는 식의 발상도 사실 책임 교육이 그 업무를 맡은 교사의 일이라는 생각을 하게끔 할 수 있어서 같은 맥락에서 유의할 필요가 있다고 생각합니다.

교사와 학부모의 지원을 넘어서서 지역 사회의 자원을 교육적으로 활용할 수도 있을 것입니다. 지역 대학, 마을 학교, 심리·상담 센터 등과 연계하여 학생의 전인적 성장을 도모할 수도 있을 것입니다. 그리고 교육의 책임을 전적으로 교사가 모두 짊어지려고 해서도 안될 것입니다. 항상 학부모와 학생에 관한 정보를 공유해서 가정과 학교 그리고 지역사회가 힘을 합쳐서 학생의 성장을 위해 노력해야 할 것입니다. 교사 혼자서 모든 것을 감당하려고 한다면, 학부모 입장에서는 나중에 성취도 40% 미만이 나왔을 경우에 학교에서 지도를 잘하지 못했다고 원망과 비난을 할 수 있기 때문에 항상 학부모와의 수시 상담을 통해서 학생 지도 과정을 잘 설명할 필요가 있을 것입니다.

교사, 학부모, 지역사회 뿐만 아니라 또래 멘토링이 매우 효과적일 수 있다고 생각합니다. 멘토와 멘티 학생으로 매칭을 하고, 멘토 학생은 가르침으로써 배우는 효과를 누리면서, 동시에 학생부에 이러한 나눔과 봉사 경험을 기록할 수 있을 것입니다. 멘티 학생은 또래 친구로부터 심리적 저항감없이 물어보고 배움을 받을 수 있을 것입니다.

또는 졸업생들이 줌과 같은 화상 툴을 이용하여 온라인으로 지도를 해 줄수도 있을 것입니다. 또는 경남 교육청에서 운영하고 있는 '학교 밖 온라인 누리 교실'도 도움이 될 수 있을 것입니다. 특히 온라인 일대일 수업 방식은 개인 맞춤형 수업에 특히 유리하기 때문에 학생의 의지와 좋은 온라인 프로그램이 어우러 진다면 좋은 교육적 효과를 기대할 수도 있을 것입니다.

교육지원청 차원에서도 최소 성취수준 보장지도 지원 전담 팀을 조직하여 다양한 방식으로 지원해 줄 수도 있을 것입니다. 진단 평가, 미도달 예방 지도, 미도달 보충 지도의 모든 과정을 교사 혼자서 부담을 해야 한다면, 교사는 탈진과 스트레스로 중상위권 학생들을 지도할 여력이 남아있지 않을 것입니다. 따라서 교육 지원청에서는 다양한 아이디어를 고안해서, 고교학점제의 성패를 가르는 최소 성취수준 보장지도를 위해 적극적으로 지원해야할 것입니다. 강사 인력풀을 구성하고, 보충 지도를 위한 온라인 학습 사이트를 구축하고, 학생의 실시간 학습 현황을 알려주는 리포트 시스템, 그리고 학생의 낮은 자존감을 지원해주는 위클래스 또는 수련원과도 업무 협약이 이루어지면 인지적·정서적으로 조화로운 성장을 기대할 수 있을 것입니다.

이번에는 미도달 예상 학생의 동기를 어떻게 불러 일으킬 것인가에 관하여 말씀을 드려 보겠습니다. 일반 강의식·전달식 수업으로는 학생은 수업을 들을 수 있는 기반 지식이 잡혀 있지 않은 상황에서 수업에 집중을 잘 하지 않을 것입니다. 그리고 강의식 수업을 듣는다고 하더라도 실제로 그 학생의 머릿속에서 신경 세포가 생성되는 실제 배움이 일어나고 있다고 보기 어려울 수 있습니다. 따라서 학생 참여형 배움 중심 수업을 설계하고 기획해야 합니다. 수업 오프닝에서 학생의 흥미를 불러일으킬 수 있는 다양한 방법을 연구해야 하고, 전차시 복습을 재미있고 효율적으로 할 수 있는 다양한 방법도 연구해야 합니다. 각종 수업활동들도 실제 배움이 일어날 수 있도록 학생 참여형 배움 중심 수업 모형을 개발하고 공유해야 할 것입니다. 이때 다양한 시도를 통해서 반드시 교육적으로 효과 있었던 수업 방식들을 전학공 등의 모임과 온라인 채널 등을 활용하여 공유해야 교사의 집단적 자신감이 향상되고, 그것이 명문 학교의 진짜 저력이 될 것입니다.

그리고 교실이라는 같은 공간 내에서 수준이 다른 학생들을 어떻게 지도할 것인가에 관한 연구와 성공한 수업 모형을 전국 단위에서 공유를 해야 전체적인 발전을 도모할 수 있을 것입니다. 뛰어난 일부 교사 몇 명으로는 학교 전체의 발전을 도모할 수 없습니다. 함께 성장하지 않으면 진정한 학교 혁신이 일어날 수 없습니다. 수업 혁신이야말로 최소 성취수준 보장지도가 궁극적으로 추구해야할 과제라고 생각합니다.

학습 부진아에 관한 다각도의 연구와 이해도 필요할 것입니다. 그리고 어떻게하면 학습 부진아에게서 배움이 일어나게 할 수 있을지 뇌과학과 심리학의 관점에서 고민과 연구가 있어야 할 것입니다. 낮은 수준의 아이라고 해서 무조건 쉽고 재미있게 가르치면 학습을 좋아하고, 열심히 하게 될 것이라고 믿는 것은 우리의 착각일 수 있습니다. 아무리 쉽고 재미

있어도, 본인에게 의미가 없다면 과제에 대한 의욕과 열정을 보이지 않을 수 있습니다.

이제 미도달 보충 지도로 넘어가 보겠습니다. 보충 지도를 방학하기 전에 운영하는 것은 무리가 있을 것입니다. 학기말 성적이 산출되는데 시간이 걸리고, 보통 학기말 성적이 산출되고 나면 방학까지 기간이 얼마 남지 않기 때문입니다. 따라서 미도달 학생 보충 지도를 할 수 밖에 없는데, 이 때 몇차시를 운영해야하는지에 관한 구체적 지침은 아직 없는 것으로 알고 있습니다. 대략 20차시 정도는 운영해야 하지 않을까라는 생각을 하고 있습니다만, 문제는 A라는 학생이 국어·영어·수학 모두 미도달 보충 지도 대상일 가능성이 높아서 이렇게 과목이 겹치는 경우에는 어떻게 방과후 시간을 계획할 것인가라는 문제가 있을 수 있습니다. 그리고 미도달 보충 지도에 평가를 도입할 것인가, 아니면 단순 리포트로 평가를 대체할 것인가, 아니면 단순히 동영상 수업을 들은 것 만으로도 이수처리를 해 줄것인가에 관해 논의와 결론이 있어야 할 것입니다. 이는 물론 학업성적관리규정에 학기초에 결정되어서 학부모와 학생들에게 안내가 되어야 합니다. 그런데 만약 이 보충지도를 방학 때 한다면, 담당 교과 교사는 의무적으로 보충지도를 해야만 하는가, 학생은 의무적으로 방학때 보충지도에 참여해야만 하는가라는 문제가 있을 수 있습니다.

일선 현장의 교사들이 고교학점제를 반기지 않는 이유 중의 큰 이유가 이것이 교육적으로 옳은 방향일 수는 있으나, 교사에게 추가적인 업무 부담으로 작용할 것으로 우려하기 때문일 것입니다. 최소 성취수준 보장지도도 그 취지에는 공감하지만, 실제 운영과정은 예상되듯이 분명히 업무 과중이 될 것이 자명합니다. 따라서 교육부와 교육지원청의 확실한 업무 분담과 지원이 필요하다고 생각합니다. 또는 1수업 2교사 체제로 교사 지원을 해 주는 방법도 진지하게 고민해 보아야 한다고 생각합니다. 학교 혁신을 위해, 수업 혁신을 위해, 학교와 교육의 발전을 위해 교사의 과도한 헌신을 당연하게 요구한다면, 많은 교사들이 동참하기 어렵고, 동참하더라도 지속하기 어려울 것입니다. 따라서 우리들은 '지속가능한 최소 성취수준 보장지도 방법'에 관하여 고민해야 한다고 생각합니다.

우리의 시간과 에너지는 분명히 한계가 있습니다. 변화를 만들기 위해서 우리는 엄청난 에너지와 시간을 쏟을 수 없습니다. 그래서 우리는 작은 의미있는 변화를 지속적으로 추구하고, 반드시 집단 지성의 힘을 발휘할 수 있도록 계속 공유하고, 공유한 자료를 누적해야 합니다. 그렇게 해야만 고교학점제가 전면 시행하는 2025년 그리고 앞으로 해를 거듭할수록 최소 성취수준 보장지도가 연착 및 안착하게 될 것입니다.

기초 학력 보장법은 고교 학점제의 시행으로 기초 학력 보장 지도가 더욱 탄력을 받을 것으로 기대하고 있습니다만, 기초 학력 보장 종합 계획의 기저에 깔려 있는 패러다임에 공감하기 힘든 부분들도 많습니다.

솔직히 '최소 성취수준 보장지도가 성공할까에 관해 감히 회의적이다'라고 저는 고백합니다. 많은 교사들이 이미 스트레스와 탈진으로 번아웃 증상을 보이고 있는데, 아무리 법적으로 안할 수 없지만, 과연 성공할까에 관해서는 자신이 없습니다. 왜냐하면 아무리 제도가 좋고, 법이 훌륭해도 그것을 실행하는 교사에게 힘이 없으면 실행력은 떨어질 것이고, 창의력과 의지도 점차적으로 소멸해서 형식적으로 진행될 가능성이 높습니다. 그래서 마지막으로 '최소 성취수준 보장지도가 성공하기 위해서는 무엇이 필요할까'에 관해 제 생각을 말씀을 드리고 편지를 마무리 하고자 합니다.

1) 학생에게 과도한 성공을 요구하지 말자. 작은 성공의 체험을 지속적으로 제공하자. 자기 효능감을 생기는 것이 관건이다.

2) 지금까지 아무 임팩트 없었던 기초 학력 지도처럼 허울뿐인, 구호뿐인 정책이 되지 않도록 교사의 인식 개선을 서두르자.

3) 혹여 성취도 40%에 미달하더라도 포기하지 말자.

4) 최소 성취수준 보장지도를 위한 전문성을 배양하자.

5) 고교학점제가 성공하기 위해서는 행정적, 재정적, 인력 지원이 더욱 전폭적으로 이루어져야 한다. 그래서 교사들의 머리가 아니라, 마음을 움직여야 한다.

6) 반복적 문제 풀이에 머물러서는 학생의 질적 변화를 기대하기 어렵다. 왜냐하면 시험 칠 때마다 잠시 단기기억에 머물다가 해마에서 증발해 버릴 것이기 때문이다.

7) 고교학점제가 성공하기 위하여 교육부와 교육청의 노력하고 있다는 장황한 목록의 나열과는 대조적으로 현장에서는 기피하고, 싫어하는 업무가 될 확률이 높다. 교사의 잡무 부담을 줄일 수 있는 대안 모색이 선행되어야 한다. 교사들은 지쳐있고, 자신감이 없고, 부정적이다.

8) 학생이 못하는 것에 집중하지 말고, 잘하는 것을 키워주는 교육을 해야 교육 효과가 더 크게 나타날 것이다.

9) 몸에 좋으니까 먹어야 된다고 학생에게 말하지 말고, 맛있게 요리하여 학생이 먹고 싶게 유도해야 한다. 교사들의 수업 혁신이 필요한 이유다.

10) 교사들은 최소 성취수준 보장 지도를 '성과'가 아니라 '지원'으로 이해해야 한다.

11) 학교 학생의 수준에 따라 단위 학교 분할점수를 설정하

는 것이 꼼수가 아닌 선택으로 인식될 수 있어야 한다.

12) '지식을 주입하면 실력이 좋아질 것이다'라는 인식을 버리고, 학생이 능동적으로 수업에 참여할 수 있도록 수업을 기획하자. 티쳐(teacher)가 아니라 퍼실리테이터(facilitator) 또는 코칭(coaching)으로 역할을 바꿀 필요가 있다.

13) 최소 성취수준 보장지도의 성공의 기본 3박자는 쉽고, 재미있으면서도, 의미있는 수업이다. '쉽고 재미있으니까 학생이 무조건 좋아할 것이다'는 교사들의 큰 편견이다. '학생에게 이 영양분이 부족하니까 이 음식을 먹어야 된다'고 강요하지 말고, 학생이 어떤 음식을 먹고 싶은지부터 살펴야 할 것이다.

14) 학생 자신에게 의미있고, 재미도 있으면, 어려워도 도전할 것이기 때문에 무조건 쉬운 과제만 제시하는 것이 능사가 아니라는 인식의 전환이 필요하다. 도전하고 싶은 욕구가 생기면 어려워도 해낸다. '문제 변형을 쉽게, 더 쉽게 하면 학생들이 잘 접근할 것이다'라는 생각은 비고츠키 이론을 너무 일차원적으로 이해하는 것이다. 하위권 학생들이라고 해서 반드시 단계적으로 성장시켜야 한다는 생각을 바꾸고, 도전적인 과제 제시를 통하여 그들의 자존감 회복을 돕자.

15) 학력이 낮은 것을 학생 개인의 문제로만 치부하지 말고, 우리 학교 문화, 시스템, 교육과정, 수업 방식, 가정환경, 평가 방식 등 대한민국 전체적인 교육 시스템의 문제로 바라보자. 우리는 아무 잘못이 없는데, 학생이 부족해서 그렇다고 책임을 전가하지 말자.

16) 학생은 왜 동기가 없냐고 묻기 전에, 학생은 무엇을 좋아하는지 물어보자. 그리고 잘하고, 좋아하는 것에 초점을 맞추어서 자기 효능감을 회복할 수 있도록 도와주자.

17) 학생들이 안 변한다고 탓하기 전에, 우리는 그동안 바뀌어 왔는지 물어보자. 우리의 학급 운영 방식, 수업 방식, 학생과의 상호 작용 방식, 평가 방식 등 우리가 먼저 변하면 학생들도 조금씩 변화할 것이라고 믿자. 환경이 바뀌면 학생들도 바뀔 것이다.

18) 대한민국의 시험 제도가 과연 성장을 위한 평가인지, 변별을 위한 평가인지 묻고 싶다. 건강한 피드백이 있는 평가인지, 학생의 발전을 도모하는 평가인지 대한 민국 시험 제도에 관해 비판적으로 고민하자.

19) 주변 선생님들과 성공적인 수업 모형을 꼭 공유하자. 반드시 성공할 수 밖에 없는 수업 도입(오프닝), 학생 참여형 배움 중심 활동, 전차시 복습 방법 등 좋은 수업 사례를 배우기 위해 노력하자. 음식이 맛있으면 학생들은 기

꺼이 먹으려고 할 것이다. 수업을 맛있게 요리할 수 있는 실력을 기르자.

20) 모두가 흥미로워할 수 있는 주제와 내용 선정을 위해 시간을 할애하자. 교과서 재구성에 적극적으로 시간을 투자하자.

21) 진도 나가는 것이 교사가 수업시간에 해야 할 최고의 과업으로만 생각하지 말자. 진도와 배움간에 반드시 등식이 성립하는 것은 아니다. 하위권 학생들을 성공적으로 지도했던 경험들을 누적해서, 자신감을 가질 수 있도록 하자.

22) 교사 중심의 지식 전달 방식의 수업 방식으로는 학생들을 몰입하고, 제대로 된 배움이 뇌에서 일어나도록 하기 힘들다. 학생들이 실제 배움을 통해 신경 세포가 생성되는 메커니즘에 대해 공부하자.

23) 뛰어난 몇몇 교사의 우수한 수업으로 대한민국 교육은 성공할 수 없다. 대한민국 교육이 성공하기 위해서는 끊임없이 성공 경험을 공유해야 하고, 이러한 전파와 습득을 통해서 대한민국 교육 수업 혁신의 체질적 개선이 가능하다. 유능한 교사는 끊임없이 좋은 수업을 위해 연구하고, 이것을 공유하기 위해 노력하는 교사다.

24) 교사들의 역량을 함께 기르기 위해 우리 모두 노력하자. 그리고 참여하지 않는 교사들도 참여할 수 있도록, 실제

행동하실 수 있도록 방법을 찾자. 그리고 내적 동기를 불러일으키기 위해서는 머리가 아닌 마음에 호소하자. 변화를 두려워하고, 주저하고, 불안해하는 교사의 마음도 공감하고 이해해주자. 함께 가야 멀리 갈 수 있다는 것을 기억하자.

25) 수포자를 포기하는 사회가 되지 말자. 영포자를 포기하는 교사가 되지 말자. 어떻게 해도 안되는 학생이라고 함부로 단정짓지 말자. 한번이라도 성공적으로 지도한 경험을 가지고, 그 과정을 함께 나누자.

26) 우리가 배웠던 방식으로 가르치지 말자. 인지과학과 교육심리학의 최근 연구 결과를 받아들이고, 학생들에게서 실제 배움이 일어나도록 수업을 설계하자.

27) 두발 자전거도 못 타는 학생에게, 한 발 자전거를 수업하고 평가를 하지 말자. 그것은 폭력이다.

28) 수준의 개별화가 최소 성취수준 보장지도의 핵심 열쇠라고 믿지 말자. 내용이 학생에게 의미있게 다가가지 않는다면, 수준이 쉽다고 해서 학생은 무조건 학습하려고 하지 않을 것이다.

29) 학습 부진의 원인을 학생에게만 그 잘못을 전가하지 말고, 특정 교사의 업무라고 생각하면서 자신은 상관없다고 생각하지 말자. 지식 전달형 엘리트 교육에만 매몰되지

말자.

30) 진정으로 최소 성취수준 보장지도가 성공하기 위해서는, 1교실 2교사 체제가 필요하고, 학급당 인원수를 더 줄여야 하며, 교사가 순수하게 교사 본연의 임무에 집중할 수 있는 환경이 조성되어야 한다.

31) 미도달 예방 지도가 미도달 보충 지도보다 훨씬 중요하다. 소 잃고 외양간 고치지 말고, 소가 외양간에서 나가지 않을 수 있도록 예방 지도가 훨씬 중요하다는 인식을 해야 한다. I 등급이 나오고, 형식적 보충 지도를 통해 미이수를 이수로 바꾸면 된다는 생각은 거의 폭력에 가까운 안 좋은 생각이다. 최대한 학기 중에 미도달하지 않도록 노력해야 고교학점제가 의미있고 성공할 수 있다. 고교학점제의 시행으로 기초 학습 기초 학력 보장교육은 탄력을 받아서 받아서 꼭 성공해야 된다. 그래야 대한민국이 산다. 절대 학생이 실패할 때까지 기다리지 말자.

- from 배철민 -

올해 '전문적 학습 공동체(함빛 영어)' 활동과 '최소 성취수준 보장지도 핵심교원 역량 강화 연수'를 통해서 최소 성취수준 보장지도에 관해서 9개월간 고민했습니다. 인덕션 화구가 넓은 곳에서는 주 업무에 매진하였고, 인덕션 화구가 작은 곳에는 '최소 성취수준 보장지도' 냄비를 올려 놓고 불을 줄였다, 높였다 하면서 곰곰이 고민하면서 살펴 보았습니다. 공부를 하면 할수록 '공부할 것이 참 많구나'라는 생각이 계속 들었습니다. '끝도 없는 공부가 되겠구나!'라는 생각이 들면서, 너무 서두르지 말고, 내 역량에서, 주어진 환경에서 할 수 있는 '작은 목표를 정해서 조금씩 성취해 나가는 교사가 되자'라는 생각을 했습니다. 교사가 행복하기 위해서는 수업이 즐거워야 하고, 학생들의 표정이 밝아야 합니다. 어둡고 우울한 분위기의 수업 그리고 수업 시간 하나도 행복하지 않은 표정을 짓는 학생들과 살아가야 한다면 제 삶은 행복하기 힘들 것입니다. '어쩔 수 없다'고 쉽게 체념하지 않고, 좋은 방법을 찾고 배우는 교사가 되고 싶습니다.

'최소 성취수준 보장지도'를 처음 접했을 때는 아주 간단한 과정이라고 생각했는데, 이것을 공부하면 할수록 '대한민국의 교육문제와 모두 관련이 있구나'라는 생각이 들어서, 교사로서 성장할 수 있는 좋은 화두가 될 수 있겠다는 생각이 들었습니다. 긴 호흡으로 초조해 하지 않고 학생들이 자기 관리

역량을 기르고, 그 힘을 바탕으로 도전하여 성과를 낼 수 있도록 성장을 돕는 교사가 되고 싶습니다. 학생의 단점보다는 장점을 볼 수 있는, 그래서 자기만의 세계를 학생들이 만들어 갈 수 있도록 돕고 싶습니다. 모든 학생은 성장할 수 있다는 믿음을 가지고, 이러한 교사의 학생에 대한 성공 기대감으로 학생이 동기와 의지를 가질 수 있기를 소망합니다. 성취가 낮더라도 학생의 좌절까지도 품는 교사이고 싶습니다.

최소 성취수준 보장 지도에 관하여 공부한 기간이 짧고, 다소 급하게 내용을 정리하여서 깊이가 부족하고, 오해가 있다고 느끼실 수도 있고, 지식과 이해가 얕다고 보실 수 있어서 조금 걱정이 되지만, 좋은 피드백을 통해 성장할 수 있다고 믿기 때문에, 책 내용과 관련하여 건설적인 의견을 제 이메일(kkumkkunn@naver.com)로 보내주시면 피와 살이되는 포도주로 생각하고 기쁘게 마시겠습니다. 긴 글 읽어주셔서 감사합니다.

- 철성고등학교 영어과 전학공 '함빛 영어' 교사 배철민 -